KB196343

일상을 심플하게

마스노 슌묘 · 장은주 옮김

일상을 심플하게

🌱 나무생각

시 작 하 며

요 몇 해 사이 유럽과 아시아에서 '선禪의 정원'이 큰 인기를 끌면서 저에게도 '선의 정원' 디자인 의뢰가 잇따르고 있습니다. 몇 해 전까지만 해도 미술관이나 콘도미니엄 등 공공성이 높은 공간의 정원 설계를 의뢰하는 경우가 많았는데, 최근에는 개인 주택의 정원 설계 의뢰가 점점 늘고 있습니다.

살고 있는 집에 '선의 정원'을 만들어달라거나 별장을 '선의 정원'으로 꾸며달라는 요청이 늘어난 것입니다. 그들은 대부분 세계적으로 이름이 알려진 경영자들로, 이른바 셀럽Celeb이라 불리는 사람들입니다. 그중에는 전용기를 타고 일본으로 날아와 그길로 저를 찾아오는 사람도 있습니다. 소탈한 모습을 하고 있지만 유명한 글로벌 기업의 대표들입니다.

그들은 하나같이 저에게 말합니다.

"아무것도 없는 정원을 만들어주세요. 마음이 쉴 수 있도록 아름다운 '선의 정원'을 만들어주세요."

그들은 분명 모든 것을 손에 넣은 사람들입니다. 또 마음만 먹으면 무엇이든 손에 넣을 수 있습니다. 호화 저택 안에는 세계적인 명화와 최고급 조명이 장식되어 있고, 드넓은 택지에는 수영장과 테니스 코트도 당연한 듯 완비되어 있습니다. 그런 그들이 마지막에 바라는 게 바로 '아무것도 없는 공간'입니다.

아무것도 없는 공간을 만들어내려면 무언가를 둬야만 합니다. 정말로 아무것도 없는 공간은 그냥 넓은 토지에 지나지 않습니다. 거기에 무언가를 둬야만 '아무것도 없는 공간'을 느낄 수 있습니다. '유＝무, 무＝유'가 되는 것이지요.

그 의뢰를 받고 저는 '선의 정원' 디자인을 시작합니다. 더 이상 도려낼 수 없는 한계까지 불필요한 것들을 도려내어 갑니다. 그리고 최종적으로 정원에는 단 몇 개의 돌만이 놓입니다. 이것이 선의 정신이며 우리는 예로부터 그런 감성을 지니고 있었습니다.

완성된 '선의 정원'을 보고 그들은 진심으로 감탄의 말을 합니다.

"더할 나위 없이 멋진 공간이에요. 왠지 마음이 푸근해지는 풍경이랄까요."

모든 것을 손에 넣은 그들이 바란 것은 '아무것도 없는 공간의 편안함'이었습니다.

저는 물욕을 부정하지 않습니다. 사람은 물욕으로 인해 목표를 향해 더 노력하게 되기도 합니다. 또 원하는 물건을 손에 넣었을 때의 기쁨은 인생을 풍요롭게 해줍니다. 단, 거기에 진정한 풍요로움은 머물고 있지 않음을 깨닫기 바랍니다.

"진정한 풍요로움은 물질적인 것에 있지 않습니다. 그것은 마음의 풍요로움에 있습니다."

선은 오로지 이것만을 쉼 없이 이야기해왔습니다.

심플하게 살아간다는 건 어떤 것일까요. 심플하게 살아가려면 어떻게 해야 할까요. 그저 정리정돈만 잘하면 되는 것도, 검소하게만 생활하면 이뤄지는 것도 아닙니다. 심플하게 살아간다는 것은 자신이 중요하다고 여기는 것을 가려내는 것이라고 생각합니다.

지금 자신이 가장 중시해야 할 것은 무엇인가, 지금 생활에서 정말 필요한 것은 무엇인가, 물질적인 것과 정신적인 것을 모두 포함하여 자신이 중요하게 여겨야 할 것이 무엇인가에 관심을 두는 것입니다. 그것을 가려냈을 때 몸도 마음도 생활도 심플한 상태가 되지 않을까요.

세상 풍경에만 눈을 빼앗기지 않고, 자신의 마음과 대화를 합니다. 때로는 멈춰 서서 '진정한 나'에 대해 생각해봅니다. 인생에서 그런 시간을 갖는다면 분명 풍요로운 마음을 찾게 될 것입니다.

　　당신의 인생에 조금만 '아무것도 없는 편안함'을 받아들여 보세요.

　　합장.

차 례

1장   # 간소하게 살아간다

2장 버리고 정돈한다

3장   행복이란 족함을 아는 것

4장 사로잡히거나 떠안지 않는다

1장

간소하게 살아간다

일부러 불편함을 택한다

참으로 편리한 세상입니다. 거리에 나서면 계단을 오르지 않아도 엘리베이터가 위층으로 옮겨다주고 청소는 로봇 청소기가 알아서 척척 해줍니다. 일상생활 속에서 자신의 몸을 움직일 상황이 현격히 줄어들었습니다.

일반 사회인들과 달리, 승려들은 변함없이 불편함 속에서 살아가고 있습니다. 수행승이 많이 모이는 승당僧堂에서는 매끼마다 한 번에 먹을 양만을 밭에서 채취하고 모자라는 것은 사서 채웁니다. 한꺼번에 많은 재료를 저장해두지 않습니다. 이처럼 승려는 일부러 항상 불편함 속에 몸을 두고 살아왔습니다.

어째서 이런 습관이 지금껏 이어지고 있을까요? 물론 일상생활 자체가 수행이라는 사고방식이 이유가 될 수 있지만 그보다 더 현실적인 이유가 있습니다. 그것은 바로 생활 속에 불편함을 받아들임으로써 건강한 몸과 마음을 가진다는 생각입니다.

림프 연구의 권위자인 한 의사는 "주방에서 늘 사용하는 물건일수록 손이 닿지 않는 위쪽에 두라."고 조언합니다. 위쪽에 있는 물건을 꺼내려면 일일이 받침대에 올라 까치발을 하고 집어 들어야 합니다. 받침대에 오르내리면 장딴지 근육이 저절로 움직이고 까치발을 들면 등 근육이 쭉 펴져서 자세가 좋아집니다.

　이처럼 생활 속에 일부러 불편함을 받아들이면 따로 걷기 운동 등을 하지 않아도 충분하다고 의사는 말합니다.

　과연 맞는 말이라고 생각합니다. 엘리베이터나 에스컬레이터를 이용하지 않고 계단을 오릅니다. 청소기를 사용하지 않고 빗자루로 쓸어냅니다. 이렇게 기계에 의존하지 않고 자신의 몸을 사용하여 다소의 불편함을 즐겨보면 어떨까요. 의외로 기분이 좋아지고 생활이 즐거워질지도 모릅니다.

일부러 몸을 불편함 속에 두면 몸과 마음이 건강해집니다.

다른 용도로 사용할 수
없는지 생각한다

옛날 절에는 맷돌이 필수품이었습니다. 맷돌은 깨나 다양한 식재료를 가는 도구로서 식사 준비를 할 때 없어서는 안 되는 도구 중 하나였지요.

그렇지만 맷돌은 영원히 사용할 수 있는 물건이 아닙니다. 30~40년 가까이 사용하면 표면이 마모되기 시작합니다. 조금씩 닳아가는 맷돌은 더 이상 가루 내는 역할을 하지 못합니다. 혹은 오랜 세월 사용하는 중에 갈라지기도 합니다. 자연에서 얻은 물건이니만큼 그럴 만도 하지요.

그럼 갈라진 맷돌은 어떻게 할까요. 제 역할을 못한다 하여 버리는 법은 없습니다. 맷돌로서의 생명은 끝났지만 다음 역할이 무엇인지를 생각합니다. 그래서 갈라진 맷돌을 장아찌 누름돌로 사용합니다.

누름돌로 다시 30여 년 일한 돌은 어느샌가 모서리가 닳아 작아집니다. 무게가 부족해진 돌은 이제 누름돌로서의 역할을 할 수 없습니다.

그래서 승려들은 생각합니다. 이 돌을 어떻게 살릴 길이 없을까 고민하다가 작아진 돌을 정원에 놓습니다. 물 빠짐이 좋지 않은 곳에 돌을 두고, 비가 올 때 그 돌 위로 걸어가면 발이 젖지 않습니다. 혹은 징검돌처럼 놓아두면 정원에는 새로운 표정이 생겨납니다.

하나의 맷돌이 누름돌이 되었다가 마침내 정원의 징검돌로 사용됩니다. 이것이 선에서 말하는 '대용代用'입니다. 하나의 역할을 다한 것을 다른 용도로 계속 사용합니다. 절대 인색하기 때문이 아닙니다. 맷돌을 누름돌로 사용함으로써 누름돌을 살 필요가 없어집니다. 이 '대용'의 정신은 불필요한 것을 늘리지 않겠다는 마음의 표현인 셈입니다.

오래되어도 충분히 사용할 수 있는 것이 있습니다. 수리하면 다시 쓸 수 있는 도구도 많습니다. 설령 사용할 수 없어도 다른 용도로 제 몫을 다할 수 있습니다. 조금이라도 좋으니 그런 발상을 가져봅니다.

물건을 소중히 여기는 마음은 분명 사람을 소중히 여기는 마음으로 이어질 테니까요.

한 가지 용도가 다하면 다른 용도로 활용해봅니다.

일주일에 하루는
채식의 날로 정한다

저는 처음 본 사람에게 피부가 깨끗하다는 말을 자주 듣습니다. 이 나이에 이런 피부는 드물다고 말이지요. 저는 피부가 좋다는 칭찬에 그리 기뻐하지 않지만 언제까지나 생기 있는 피부로 있고 싶어 하는 사람은 많습니다.

물론 저는 특별한 피부 손질을 하지 않습니다. 만약 제 피부가 깨끗해 보인다면 그것은 식생활 덕분이라고 생각합니다. 저는 기본적으로 육식을 하지 않습니다. 물론 회식 자리에서는 여러분과 다름없이 먹고 있지만 절에서는 기본적으로 채소와 생선이 중심입니다.

한 사람의 승려가 되기 위한 수행 기간인 수행승 시절에는 육류와 생선을 일절 입에 대지 않습니다. 저 역시 이 시기를 겪었습니다. 처음에는 공복에 정신이 혼미해질 만큼 괴롭습니다. 하지만 반년이 지나면 죽이나 보리가 든 밥과 약간의 채소 중심인 식생활에 몸이 익숙해집니다. 모든 수행승들의 피부는 뽀얗고 투명해져 있습니다.

반년이나 이런 식생활을 계속하면 체취가 줄어듭니다. 땀을 흘려도 고약한 체취가 나지 않고 물수건으로 몸을 쓱 닦아내기만 해도 개운하고 깨끗해집니다. 게다가 피부도 매끈매끈해집니다.

생기 있는 피부를 유지하고 싶은 분은 식단을 채소 중심으로 바꿔보는 건 어떨까요. 물론 육류나 생선을 전혀 입에 대지 않기는 힘든 일입니다. 또한 극단적인 식사는 몸을 망가뜨리는 원흉이 되기도 합니다. 가능한 한 무리가 가지 않는 선에서 자신의 식사를 재점검해봅니다.

저는 일주일에 하루는 육류와 생선을 먹지 않는 날로 정할 것을 제안합니다. 일이 있는 날에는 좀처럼 실천하기 어려우니 주말을 이용하여 토요일과 일요일 중 하루를 채소의 날로 정해봅니다. 단 하루라고 생각하겠지만 이 하루가 몸을 깨끗하게 리셋해줄 것입니다.

육류나 생선을 먹지 않는 날을 정하는 것만으로 몸이 리셋됩니다.

배불리 먹으려고 하지 않는다

예로부터 '배의 8할'이라는 말이 있습니다. 지금처럼 먹을 거리가 충분하지 않았던 옛날부터 있었던 말입니다. 배불리 먹는 게 몸에 좋지 않음을 선인先人들은 알고 있었던 것입니다. 정말이지 멋진 지혜가 아닌가요.

저는 평소 '배의 7할'에 유념하고 있습니다. '배의 8할'보다 더 적은 양의 식사입니다. 원래 위가 좋지 않기도 해서 좀 더 먹고 싶다는 생각이 들 즈음에 젓가락을 내려놓습니다. 이것이 최고의 건강법입니다. 실제로 조금 과하게 먹었다 싶은 다음 날에는 어김없이 몸 상태가 좋지 않습니다.

최근에 '뷔페'가 늘고 있는데요, 일정한 금액만 지불하면 원하는 만큼 먹어도 되니 이런 식당에 가면 배가 불러도 더 먹기 십상입니다. 본전을 뽑아야 한다는 생각이 무심코 들기 때문이지요. 개나 고양이는 배가 부르면 더 이상 먹지 않습니다. 그런데 어떻게 인간이 몸의 소리에 귀를 기울이지 않는 것일까요.

너무 먹지 않으려면 단번에 많은 음식을 먹으려 하지 말고 시간을 들여 천천히 먹도록 합니다. 사실 수행승 생활을 경험한 저는 식사를 굉장히 빨리 합니다. 이 습관이 지금도 남아 있는데 이는 결코 좋은 습관이 아닙니다. 제 경험에 비춰보면 조금 시간을 두고 먹어야 포만감을 느끼게 됩니다.

흔히 저녁밥을 지을 때 충분하다고 생각되는 양보다 조금 넉넉하게 짓곤 합니다. 일단 짓고 나면 배가 부르더라도 남기지 않으려고 먹게 됩니다. 즉, 머리로 먹으려고 합니다.

이럴 때는 충분한 양을 만들지 않도록 합니다. 그렇게 해야 조금 더 먹고 싶다거나 부족하다 싶어도 '다시 만들기 성가시니 이쯤에서 그만 먹고 정리하자'는 생각이 들 테니까요.

너무 먹게 되는 것이 머리가 하는 일이라면 너무 먹지 않도록 궁리하는 것 또한 머리가 하는 일입니다.

머리로 먹지 않습니다. 몸의 소리에 귀를 기울입니다.

완벽한 쾌적함을
추구하지 않는다

여름이면 시원한 옷을 입고 겨울이면 따뜻한 옷을 입습니다. 이는 예전부터의 생활습관입니다. 다만 예전에는 겨울에서 여름으로 옮겨가는 봄, 여름과 겨울 사이의 가을, 이 계절에는 별도로 옷을 만들지 않고 자신의 몸으로 더위와 추위를 조절하면서 생활했습니다.

하지만 현대에는 봄에는 봄옷이 있고 가을에는 가을 옷이 있습니다. 일 년 내내 가장 쾌적한 옷을 살 수 있습니다. 실내 온도도 컴퓨터의 제어로 365일 최적의 온도로 유지할 수 있습니다. 실내에 있으면 한여름이든 한겨울이든 똑같은 복장으로 일할 수 있습니다. 마치 온실에서 재배되는 채소 같습니다.

승려들은 일 년 내내 똑같은 승복을 입습니다. 물론 겨울이면 두꺼운 승복으로 갈아입지만 추위에 대적할 만한 것은 아닙니다. 지금이야 겨울에 저도 버선을 신지만 10년 정도 전까지는 한겨울에도 맨발 차림이었습니다.

아무리 익숙해졌다고 해도 맨발로 경내를 청소하면 역시 춥습니다. 그런 추위를 견디며 청소를 마치고 본당 마룻바닥 위에 섰을 때는 더없는 따뜻함과 안도감을 느낍니다. 마룻바닥이 얼마나 따뜻하고 쾌적한지 그 따뜻함과 쾌적함에 진심으로 감사하게 됩니다. 그것은 추위에 견뎠기 때문에 얻을 수 있는 기쁨입니다.

항상 쾌적한 상황에 몸을 두고 있으면 아주 작은 불쾌감도 참기 어려워집니다. 여름에 방 온도가 조금만 높아져도 덥다고 짜증을 냅니다. 겨울에 난방 온도를 낮추면 춥다고 불평을 합니다. 운신의 폭을 좁히고 있다는 생각밖에 들지 않습니다. 무엇보다도 완벽하게 쾌적한 환경을 유지하기란 불가능합니다.

우선은 조금 참는 생활을 시도해보면 어떨까요. 봄과 가을은 그리 길지 않습니다. 그동안만이라도 일부러 부자유스러움과 작은 불쾌감을 맛보는 것입니다. 추우면 몸을 움직이고 더우면 찬물로 세수를 합니다. 그리하면 보다 살아 있음을 실감할 수 있지 않을까요.

사소한 것은 참을 줄도 알아야 합니다.

그리하면 인간으로서의 폭도 넓어집니다.

자연에 몸을 둔다

고민을 안고 있거나 기분이 몹시 울적해 있는 사람에게 저는 "자연에 몸을 둬보면 어떨까요?"라고 조언합니다.

휴일을 이용해 숲속을 산책해보세요. 삼림욕이란 말이 있듯이 몸에 아주 좋습니다. 그뿐만 아니라 대자연의 조화에 눈을 향하는 것만으로도 마음이 가벼워집니다.

자연의 조화는 머무는 법이 없습니다. 봄이 되어 따뜻한 바람이 불면 꽃봉오리가 피어납니다. 그 향에 이끌려 많은 벌과 나비가 날아듭니다. 거기에는 어떠한 계산도 없습니다. 그리고 가을이 되면 꽃은 떨어지고 나무는 말라갑니다. 선에서는 그 단순한 조화 속에 생물의 진리가 머물고 있다고 생각합니다.

또한 우리 인간도 대자연의 일부임을 알아야 합니다.

자연을 느끼고자 굳이 먼 곳까지 일부러 찾아갈 필요는 없습니다. 당신이 매일 지나는 길에 있는 공원에도 자연의 조화가 있습니다. 봄이 오면 공원 한편에 꽃이 핍니다. 그 꽃을 보고 해마다 피는 그 꽃이라고 생각할지 모르지만 그 꽃은 지난해와 같은 꽃이 아닙니다. 지난해에 피었던 꽃은 이미 말라버렸으니, 해마다 새로운 꽃을 피우는 자연의 힘을 느껴보세요.

오랜 세월 회사에 근무하다 보면 마치 같은 일상이 반복되고 있는 듯한 착각이 들기도 합니다. 지난해 이맘때쯤에도 같은 일을 하고 있었던 것 같은 기분입니다. 생각해보면 매해 같은 일의 연속이었습니다. 10년을 하루같이 보낸 나날들, 그 매너리즘에 빠져 두려움을 느끼고 있는 사람도 많으리라 생각합니다.

하지만 지금 회사에 있는 당신은 지난해의 당신이 아닙니다. 같은 직종이라도 지난해의 일과 올해의 일은 다릅니다. 같은 일의 반복은 결코 없습니다. 당신은 날마다 다시 태어납니다. 지난해의 당신과 오늘의 당신이 같을 리 없습니다. 《방장기方丈記: 일본 고전수필문학의 백미로 꼽히며 불교적 색채가 농후한 가모노 초메이의 수필》에 나오는 말처럼, 강의 흐름은 끊이지 않으나 같은 물이 두 번 흐르는 법은 없습니다. 자연에 몸을 두고 그 진리를 깨달아갑니다.

지금 피어 있는 꽃은 지난해와 같은 꽃이 아닙니다.

오늘의 당신도 지난해와 같은 당신이 아닙니다.

하루 10분 좌선을 한다

요즘 들어 아침에 좌선 모임을 여는 사찰이 많아졌습니다. 회사에 출근하기 전 사찰로 가서 30분 정도 좌선을 합니다. 이런 좌선 모임이 큰 인기인데, 참가자 중에는 특히 젊은 여성이 많다고 합니다.

좌선이 주목받기 시작한 것은 좌선이 몸에 좋다는 게 의학적으로도 증명되었기 때문입니다. 똑바로 바른 자세를 유지하여 앉습니다. 이 동작만으로도 전신의 혈류가 25퍼센트 정도 상승합니다. 몸과 마음이 편안해져 심장박동도 느려집니다.

무엇보다 혈류의 증가로 수족의 냉증이 개선되어 저절로 신체가 따뜻해집니다. 자기 전에 좌선을 하면 숙면을 취할 수 있습니다.

승려들이 수행으로 하는 좌선은 1회에 약 45분입니다. 이 시간은 향 한 대가 다 타기까지의 시간입니다. 그리고 '섭심攝心: 자신의 마음을 가다듬어 흩어지지 아니하게 함'이라 불리는 특별 수행 기간에는 종일 좌선을 반복하는 수행을 실시합니다. 하지만 승려가 아니면 45분을 할 필요는 없습니다. 잠자기 전 10분 혹은 아침에 나가기 전 10분 정도로도 충분합니다.

만일 다리가 아파 정식 좌선을 할 수 없다면 승려처럼 다리를 결가부좌나 반가부좌로 하지 않아도 됩니다. 자신이 편안한 자세로 앉으면 됩니다. 단, 아랫배를 과감하게 앞으로 내밀고 등 근육을 뻗어 확실하게 단전호흡을 합니다. 그러면 훌륭한 좌선이 됩니다.

조용하게 좌선을 하고 있으면 다양한 생각이 머리에 떠오릅니다. 개중에는 걱정거리도 있겠지요. 그럴 때는 무리하게 잊으려 하지 말고 그 걱정거리를 조금 거리를 두고 바라보세요.

번잡한 일상 속에서는 좀처럼 거리를 두기가 어렵지만 신기하게도 좌선을 하면 그게 가능해집니다. 그래서 깨닫게 되지요. '그래, 큰 걱정거리가 아니었어!'라고 말입니다.

불필요한 것에 사로잡히지 않고 자신에게 정말 중요한 게 무엇인지 확인합니다. 쓸데없는 감정에 휘둘리지 않고 온화하게 살아갑니다. 그런 심플한 생활로 이끄는 하나의 방법이 좌선입니다. 단 10분의 좌선 습관으로 몸과 마음 모두가 건강해집니다. 오늘부터 바로 시작해보면 어떨까요.

단 10분의 좌선 습관으로 몸도 마음도 느긋한 날들을 보낼 수 있습니다.

청소로 마음을 닦는다

예전에는 집을 청소할 때 당연히 집 안을 빗자루로 쓸고 물걸레로 닦았습니다. 그런데 청소기라는 편리한 물건이 등장하면서 청소는 단번에 간편해졌습니다. 가사 시간이 단축되어 그 시간을 효과적으로 사용하니 더없이 좋습니다. 지금은 더 나아가 자동으로 청소를 해주는 로봇 청소기까지 등장했습니다. 외출해 있어도 청소기가 알아서 청소를 해줍니다. 마치 꿈같은 세상입니다.

물론 편리성을 추구하는 것은 인간의 본능이기에 이런 제품을 부정할 생각은 전혀 없습니다. 다만 그런 도구에 너무 의존하다 보니 동시에 중요한 무언가를 잃어버린 듯한 기분이 들 따름입니다.

실수로 탁자에 음료를 쏟았다고 합시다. 그것을 그대로 두는 사람은 없습니다. 바로 닦으려고 하겠지요. 귀찮기는 하겠지만 그 더러움을 깨끗하게 닦은 순간 왠지 상쾌한 기분이 들지 않나요. 눈앞의 더러움을 깨끗하게 치웠을 때 누구라도 편안함과 상쾌함을 느낍니다. 만일 그 더러움을 기계가 대신 처리한다고 생각해보세요. 편안함과 상쾌함을 느낄 수 없을뿐더러 깨끗하게 치웠다는 작은 만족감도 얻을 수 없지 않을까요.

자신의 손으로 주위를 깨끗하게 하는 행위는 매우 중요합니다.

승려들은 평소에 항상 본당 바닥을 걸레질합니다. 그러니 그리 더러울 일도 없습니다. 하루 정도 게으름을 피워도 본당 바닥은 반짝반짝하게 유지됩니다. 그래도 승려들은 걸레질을 합니다. 무엇을 위해서일까요. 사실 본당을 걸레질하는 것은 마음을 청소하는 것과 같습니다. 본당을 닦음으로써 마음도 함께 닦습니다. 그래서 상쾌한 기분으로 하루를 시작할 수 있습니다. 이는 수행의 하나이기도 합니다.

편리한 가전제품을 일절 사용하지 말라는 말이 아닙니다. 하지만 로봇 청소기는 방을 깨끗하게는 해줘도 당신의 마음을 닦아주지는 않습니다. 그런 도구에만 전적으로 의존하는 것은 참으로 안타까운 일입니다.

청소는 편안한 것입니다. 그 편안함을 놓치는 것은 안타까운 일입니다.

식재료를 버리지 않는다

무엇이든 헛되이 하지 않을 것, 선의 기본이 되는 정신입니다.

식사 준비를 할 때도 식재료를 헛되이 하는 일은 일절 없습니다. 어떤 식재료라도 거의 버리는 법 없이 모든 음식에 감사하며 먹습니다. 승려에게는 그런 습관이 배어 있습니다.

무를 예로 들어볼까요. 슈퍼 등에서 팔리는 무에는 잎이 붙어 있지 않습니다. 미리 잎을 떼고 손질해 놓았기 때문이지요. 잎이 붙어 있어도 대개는 떼어내니 얼마나 아까운지 모릅니다.

무의 잎은 참기름으로 볶기만 해도 훌륭한 반찬이 됩니다. 혹은 절여 놓으면 며칠은 충분히 즐길 수 있습니다. 게다가 영양소가 풍부한 부분이라 몸에도 좋습니다. 어느 한 부분도 버릴데가 없는 데다 몸에도 좋으니 일석이조입니다.

예전에 물자가 풍부하지 않았던 시절에는 밥을 다 먹고 나서 밥그릇 안에 뜨거운 차를 부었습니다. 그리고 젓가락으로 단무지 한 점을 집어 그 단무지로 밥그릇 안을 공손하게 닦아 짭조름한 단무지를 차와 함께 말끔하게 먹었습니다. 그래야 식사가 끝났습니다. 식사가 끝난 밥그릇 안에는 밥알이 남아 있을수 있고 밥알이 남아 있지 않아도 쌀에서 나온 전분이 밥그릇에 붙어 있기 때문입니다. 이 식사법은 선의 식사법이 간소화되어 일반에 퍼진 것으로, 식재료를 중시하는 마음이 아주 강하게 담겨 있습니다.

이런 행위를 궁상맞다 할지도 모르지만 저는 전혀 그렇게 생각하지 않습니다. 궁상맞기는커녕 그 행위에서 인간으로서의 아름다움을 느낍니다. 쌀 한 톨도 헛되이 하지 않는 그 마음속에야말로 진정한 아름다움이 머물러 있다고 생각합니다.

세끼 식사는 우리에게 없어서는 안 되는 것입니다. 그런 만큼 그 세끼 식사를 소중히 해야 합니다. 재료를 헛되이 하지 않고 아름답게 먹도록 유의해야 합니다. 그런 마음가짐이 아름다운 삶의 방식으로 이어지리라 믿습니다.

어떠한 재료도 헛되이 하지 않습니다.

그것이 아름다운 삶의 방식으로 이어집니다.

유행하는 건강법에
휘둘리지 않는다

　건강 관련 정보는 변함없이 과열 양상을 띠고 있으며 미용 관련 상품의 선전도 그에 못지않게 뜨겁습니다. 건강과 아름다움을 추구하는 것은 멋진 일이지만 이것저것 모두 받아들이는 것은 문제입니다.

　새로운 건강법이나 건강에 좋다는 음식은 속속 생겨나고 있습니다. 한차례 유행이 휩쓸고 지나가면 다시 새로운 건강법이 등장하고 대중은 다시 그 방법을 받아들입니다. 마치 도망자를 찾아 쫓아다니는 듯합니다.

　지금의 건강 열풍은 덧셈의 사고방식입니다. 좋다는 것은 계속해서 받아들이는 것입니다. 그런 의미에서 본다면 선의 세계는 뺄셈의 사고방식입니다. 식사를 예로 들자면, 건강에 좋은 것을 받아들이는 발상이 아니라 '건강에 나쁜 것을 배제하는' 발상입니다.

　먹는 것뿐만 아니라 건강에 나쁜 습관을 가능한 한 제거해 가는 것이 나아가 일상의 건강과 아름다움으로 이어집니다.

　원래 우리는 뺄셈의 사고방식을 해왔습니다. 서구에는 향수 문화가 뿌리내려 있는데, 그들은 강한 체취를 없애려고 체취보다 강한 향수를 만들어냈습니다. 이렇듯 향수를 사용하여 체취를 덮는 것은 덧셈의 사고방식입니다.

한편 우리는 체취를 없애려는 발상을 해왔습니다. 탕에 들어가 몸을 성심껏 씻습니다. 체취를 덮는 게 아니라 체취를 없애려고 했습니다. 그것이 비누의 문화로 이어졌습니다. '비누 냄새'는 우리에게 가장 편안한 향이 아닐까요.

이러한 뺄셈의 발상이 서구 문화의 영향으로 엷어진 듯한 기분이 듭니다.

지금까지의 습관을 하나도 버리지 않으면서 건강해지려고 다시 새로운 무언가를 받아들이는 덧셈의 사고방식이 다양한 고민을 낳고 있습니다.

덧셈의 생활방식을 재점검하여 뺄셈의 생활방식으로 바꾸어 보지 않으렵니까. 조금만 더하기를 멈춰보면 어떨까요. 분명 상쾌해질 것입니다.

몸에 나쁜 것을 배제하면 저절로 건강을 손에 넣을 수 있습니다.

간소와 검소를 분별한다

일체의 불필요한 것을 없애고 정말 필요한 것만으로 간소하게 생활하는 것, 이것이야말로 아름다움이라고 선은 가르칩니다.

현대는 물건이 넘쳐나는 시대입니다. 꼭 필요한 물건이 아니라도 보면 갖고 싶어져 사게 됩니다. 아직 집 안에 많이 있는 물건임에도 없어졌을 때를 생각하여 비축해둡니다. 그 결과 집 안에 물건이 넘쳐나 간소와는 거리가 먼 삶을 살고 있는 이들도 많습니다.

'간소'라는 말과 '검소'라는 말은 비슷한 듯 보여도 전혀 다릅니다.

'간소'는 불필요한 물건을 도려내고 또 도려내가는 것입니다. 자신에게 정말 필요한 게 무엇인지를 분별해가는 것이지요. 차 마시는 것을 좋아하는 사람이라면 다기에 눈이 갑니다. 다소 고가라도 마음에 드는 다기로 차를 마시면 마음이 풍요로워집니다. 그런 사람은 고가의 다기를 사면 됩니다. 그리고 그것을 소중히 사용합니다. 싼값의 다기를 여럿 사는 게 아니라 평생 사용할 만한 물건을 구합니다. 이것이 '간소한 생활'입니다.

한편 '검소'란 가치가 낮은 물건을 사용하는 것입니다. '다기 따윈 아무려면 어때, 차만 마실 수 있으면 돼!'라고 생각하는 사람도 있을 테지요. 그런 사람이 일부러 고가의 다기를 살 필요는 없습니다. 집착하지 않으면 싼값으로 충분히 즐길 수 있습니다. 자신이 가치를 추구하지 않는 것은 검소한 것으로도 충분합니다.

자신의 생활 중에서 무엇을 간소하게 하고 무엇을 검소하게 할 것인가, 그것을 분별하는 눈을 키워야 합니다. 자신에게 필요한 것은 무엇인가, 지금 갖고 있는 것 중에 불필요한 것은 무엇인가, 그리고 진짜로 마음을 채워주는 것은 무엇인가, 항상 그런 의식을 갖고 살아가면 집 안은 저절로 산뜻해집니다.

그것은 정말로 필요한 것인가요?

당신의 마음을 진짜로 채워주는 것은 무엇인가요?

비축해두지 않는다

장래에 대비하여 많은 물건을 저장해두고 있는 사람이 있습니다. 이를테면 부엌의 수납공간이나 냉장고에 드레싱이나 향신료 등의 새 조미료가 몇 개씩이나 있습니다. 언제 샀는지조차 모르는 식품이 냉장고 깊숙이 잠들어 있습니다.

'없으면 곤란하다' 혹은 '싸니까 일단 사고 보자' 같은 습관이 여분의 물건을 저장해두는 원인이 되는 경우가 많습니다.

옷이나 소품 등도 싸게 파니까 여러 개를 구입해놨다가 결국 수납공간이 차고 넘치는 바람에 버리고 말았던 경험은 누구라도 있을 것입니다. 아무리 싸게 샀더라도 충분히 활용하지 못하면 낭비밖에 되지 않습니다.

가능한 한 저장해두지 않도록 합니다. 조미료가 없으면 그때 사러 가면 됩니다. 당장 사러 가기가 불가능하다면 다른 조미료를 활용해서 요리를 하는 것도 재미입니다. 싸게 팔 때 사두지 않아도 필요할 때마다 필요한 만큼 사는 쪽이 싸게 사는 것이기도 합니다.

재해에 대비해 비축해둘 필요가 있다는 사고방식도 있습니다. 물론 그런 것도 분명 필요합니다. 하지만 만일을 위해 음료나 통조림을 대량으로 비축해뒀다가 유통기한이 지나 폐기해야 한다면 아깝지 않을까요. 비축한다는 것은 많은 물건을 저장해두는 게 아닙니다. 무언가가 부족할 경우, 어디에 가면 그것을 구할 수 있는지, 대체용품은 어떤 것이 있으며 그걸로 어떻게 대체할지, 손에 넣을 수 없을 때는 어떻게 참고 견딜 것인가 하는 마음의 준비가 비축에 포함되어야 합니다.

자급자족을 목표로 하는 승려들은 저녁 준비를 할 때 밭에서 그날 먹을 만큼의 채소를 채취해 옵니다. 이것이 자급자족의 기본입니다. 그리고 식사를 마칠 때는 음식을 절대 남기지 않습니다. 다음 날 아침거리까지 만들어두는 법도 없습니다. 음식이 전혀 없는 주방, 그곳에는 말할 수 없는 상쾌함이 있습니다. 필요한 것을 필요한 때에 필요한 만큼 채취하고 불필요한 것은 일절 남겨두지 않습니다. 그것이 선의 기본 생활방식입니다. 불필요한 것이 일절 없는 공간, 그 청렴한 공간만큼 기분 좋은 공간이 또 있을까요.

지금 필요한 것만 손에 넣고 불필요한 것은 일절 두지 않습니다.

매일을 상쾌하게 살아갑니다.

하나의 물건을 소중히 여긴다

이미 갖고 있는데 신상품이 나오니까 새로 사서 바꾸고 아직 충분히 사용할 수 있음에도 버립니다. 두 제품에 큰 차이는 없지만 자꾸만 새로운 것에 눈길이 갑니다. 이는 욕심이 욕심을 부르는 상태로 결코 행복하다고 할 수 없습니다.

저는 물건과 사람 사이에도 인연이라는 게 있다고 생각합니다. 수많은 물건 중에 단 하나만이 자신의 곁으로 찾아옵니다. 어디서나 팔리는 대량생산된 물건일지라도 자신의 곁에 있는 것은 단 하나입니다. 그 인연을 소중히 여겨 물건을 아끼는 마음을 갖는 것이야말로 행복이 아닐까요.

승려들은 수행 시절부터 물건을 소중히 여기는 마음을 키워 왔습니다. 날마다 입는 승복도 간단하게 버리는 법이 없습니다. 어딘가 올이 풀려 있으면 그것을 다시 꿰매어 소중하게 입습니다. 나막신의 끈이 끊어지면 정성껏 수선하여 다시 신습니다. 자신의 주변에 있는 모든 물건을 소중히 여겨 함부로 내팽개치지 않습니다.

새로 사는 돈이 아까워서만은 아닙니다. 승려들은 올이 풀린 승복을 꿰매면서 자신의 마음이 풀린 곳을 꿰맵니다.

자신의 애착이 있는 물건을 수선하는 작업을 통하여 자신의 흔들리는 마음을 다잡습니다. 항상 몸을 감싸주는 승복에 감사하는 마음을 가지면 다양한 것들에 대해 감사의 마음이 저절로 솟게 됩니다.

인연이 있어 자신의 곁으로 와준 물건, 그 물건과 자신이 일체라는 마음을 가져보세요. 물건을 소홀히 하는 사람은 자신이나 주위 사람도 소홀히 하고 있지는 않은가요. 하나의 물건을 소중히 여기면 불필요한 물건이 늘 일이 없습니다. 물건이 늘지 않는다는 것은 잡념이 늘지 않는 것과 같습니다.

오랜 세월을 함께한 물건에는 많은 추억이 깃들어 있습니다. 그것을 바라보는 것만으로 앞으로의 자신의 모습을 볼 수 있습니다. 물건이 자신의 마음에 말을 걸어옵니다. 그것이 당신의 '인생 이야기'가 아닐까요.

인연이 있어 당신 곁으로 다가온 물건을 아끼고 소중하게 대합니다.

외출할 때는 소지품을
최소한으로 한다

저는 여성의 가방 안을 본 적은 없지만 어쩐지 많은 물건이 들어 있을 것 같습니다. 항상 큰 가방을 들고 다니는 사람이 있는데 그는 짧은 여행이라도 떠나는 듯한 모습입니다.

저는 외출할 때 불필요한 물건을 일절 지니지 않습니다. 주지 일에 필요한 물건, 그날의 일에 반드시 사용할 물건, 그 외의 물건을 갖고 다니는 일은 거의 없습니다. 작은 행낭이나 자루 하나로 끝내기도 합니다. 왜냐하면 불필요한 물건을 지니고 다니면 왠지 모르게 불편함을 느끼기 때문입니다. 아마 수행 시절부터 그런 습관이 배어 있어서겠지요. 덕분에 항상 마음은 산뜻합니다.

저는 우산도 갖고 다니지 않습니다. 늘 접이식 우산을 갖고 다니는 사람도 있지만 그것조차도 필요 없다고 생각합니다. 물론 저도 비 예보가 있을 때는 우산을 갖고 나가지만 우산이 없을 때 갑자기 비를 만나는 경우도 있습니다. 그럴 때는 그 비를 한껏 즐기려고 합니다.

건물 안에 있다면 비가 그치기까지 어딘가에서 시간을 보냅니다. 거리를 걷고 있을 때 비를 만나면 처마 끝을 빌려 비가 그치기를 잠시 기다립니다. 낯선 거리에서 비가 그치기를 기다릴 때면 생경한 거리 풍경을 바라보면서 잠시 휴식을 즐기기도 합니다. 그 정도의 마음으로 여유 있게 인생을 걷는 게 편안하지 않을까요.

많은 물건을 갖고 다니는 사람은 한번 내용물을 전부 꺼내어 점검해보면 어떨까요. 갖고 다니는 짐의 내용물을 정리하는 것은 자신의 머릿속을 정리하는 것과 같습니다. 머릿속이 불필요한 것들로 꽉 차 있으면 새로운 것들이 들어올 여지가 없어집니다. 또한 불필요한 것들로 꽉 차 있다는 것은 그것들에 사로잡혀 있는 것이기도 합니다. 짐을 가볍게 하면 마음도 가벼워지지 않을까요.

만일을 대비해 물건을 갖고 다니지 말고 예측치 못한 사태를 즐겨봅니다.

원하는 물건을
바로 손에 넣지 않는다

승려가 되기 위한 수행 과정은 굉장히 엄격합니다. 매일 아침 4시에 기상하여 몸단장을 하는 대로 바로 좌선을 합니다. 그 후 아침 근행勤行: 부지런히 선법(善法)을 행함, 즉 불경을 읽는 '조과朝課'를 행합니다. 그 후 각 당내나 건물 내를 청소합니다. 그러고 나서 아침밥을 먹습니다. 오전 중에는 각자 정해진 일이나 정원 청소 등을 그저 묵묵히 해나갑니다. 오후부터는 스스로 공부하거나 주어진 일을 합니다. 1년 365일, 그 생활은 바뀌지 않습니다.

이러한 생활을 하는 중에는 불필요한 욕망 따위가 비집고 들어갈 여지가 없습니다. 뭔가를 갖고 싶다거나 무엇을 먹고 싶다거나 하는 생각을 할 여유도 없습니다. 선의 수행이란 모든 생활을 규율에 맞추고 긴장의 끈을 놓지 않는 것이라고 할 수 있습니다.

물론 보통의 생활을 하는 사람들이 이런 엄격한 규율을 따를 수는 없습니다. 또한 이렇게까지 엄격하게 자신을 몰아넣을 필요도 없겠지요. 그러나 마음 한 곳에 규율을 정해두는 게 중요합니다. 규율에서 완전히 벗어나버리면 욕망을 채우는 데 마음을 빼앗기게 됩니다. 그렇게 되지 않기 위해 자신의 마음에 확고히 규율을 정해두는 것입니다.

길을 걷다가 어떤 물건에 눈이 가서 갖고 싶어졌다고 합시다. 욕망에 지배되어버리면 무심코 충동구매를 하게 됩니다. 이럴 경우 '갖고 싶은 것은 세 번째에 산다'는 규율을 정해두면 어떨까요.

길을 걷다가 갖고 싶은 물건이 눈에 띄어도 그 자리에서는 사지 않습니다. 집에 돌아와서도 역시 그 물건이 눈에 아른거린다면 다음 날 다시 가게로 갑니다. 하지만 아직 사지 않습니다. 그로부터 일주일이 지난 뒤에도 갖고 싶다면 그때 삽니다.

그런 자기 나름의 규율을 만들어봅니다. 자신의 욕망과 냉정하게 마주하는 시간을 갖는 것입니다. 충동적으로 욕망을 채우지 않고 자신의 마음과 상담한 후에 행동으로 옮겨갑니다. 이러한 규율을 세우면 불필요한 쇼핑은 분명 줄어들게 마련입니다. 왜냐하면 세 번째에 살 만큼 갖고 싶은 물건은 사실 그리 많지 않기 때문입니다.

자신에게 어떤 규율을 정해두고 생활합니다.

살 수 있어도 사지 않는다

　돈이라는 것은 중요합니다. 매일 생활을 영위해가기 위해서는 승려에게도 돈이 필요합니다. 돈 따위 없어도 된다고 딱 잘라 말하기는 간단하지만 그것은 현실에서 벗어난 사고방식입니다. 이 사회에 살아가고 있는 이상 돈을 외면할 수만은 없습니다.

　단, 너무 돈에 집착해서는 안 됩니다. 돈이란 어디까지나 자신의 인생을 풍요롭게 하기 위한 것입니다. 그것도 물질적인 풍요가 아닌 마음의 풍요를 위해 사용해야 한다고 저는 생각합니다. 요컨대 돈과 어떻게 사귀는가에 따라 인생의 풍요로움은 달라집니다.

　한 여성이 이런 이야기를 해주었습니다. 그녀는 대기업에 근무하고 있어 급여가 높은 편이라 유행에 맞춰 새 옷을 구매하고 멋진 레스토랑에서 식사를 즐깁니다. 하지만 그런 생활을 계속해왔음에도 진정한 행복감은 맛볼 수 없었다고 합니다.

　그녀와 같은 직장에 한 선배가 있습니다. 일도 잘하고 항상 자신 있는 모습입니다. 동경하는 마음은 있었지만 워낙 취향이 달랐습니다. 그 선배는 패션에는 거의 관심이 없는 듯 항상 평범한 바지에 셔츠 차림이었습니다. 급여를 생각하면 더 좋은 옷을 살 수 있을 텐데 말이지요. 왜 옷에 돈을 더 쓰지 않을까, 그녀는 과감하게 선배에게 물어보았습니다.

"선배는 왜 더 좋은 옷을 사지 않나요? 저보다 돈도 더 잘 벌면서."라고 말입니다. 그러자 그 선배는 웃으며 이렇게 대답했습니다.

"난 책이 좋아. 그래서 서점에 가서 원하는 책을 가격에 개의치 않고 살 수 있을 만큼의 돈만 있으면 된다고 생각해. 책은 나의 인생을 풍요롭게 해주지만 옷은 나를 행복하게 해주지 않으니까."

자신의 가치관과 맞지 않으면 살 수 있어도 사지 않는 선택을 할 수 있습니다. 그 선배와의 대화로 그녀의 사고방식은 크게 바뀌었다고 합니다. 멋진 이야기라고 생각합니다.

돈은 자신의 마음을 풍요롭게 해주는 데 사용합니다.

때론 일을 걸날린다

일상생활에서 무엇을 중시하고 무엇을 도려내야 할지는 사람에 따라 다릅니다. 주위 사람에게는 불필요한 것처럼 생각되어도 자신에게는 중요한 것이라면 그것을 도려낼 필요가 없습니다.

단, 너무 많이 안고 있는 사람이 있습니다. 고지식한 사람일수록 '이것은 반드시 해야만 해!'라고 믿습니다.

가족의 식사는 무슨 일이 있어도 손수 지어야 한다며 매일 아침 거르지 않고 남편과 아이의 도시락을 만드는 사람이 있습니다. 물론 도시락 만들기가 취미일 수도 있고 가족의 도시락만큼은 절대로 양보할 수 없다는 사람도 있겠지요. 하지만 자신에게 의무를 너무 부과하면 끝내 큰 스트레스를 낳게 됩니다.

스트레스를 느끼면 조금 일을 걸날려도 됩니다. 일주일에 한 번은 도시락을 만들지 않고 점심은 빵이라도 사 먹으라며 돈을 건넵니다. 그리고 그날은 도시락 만드는 데 걸리는 시간을 자신을 위해 사용합니다.

그러면 왠지 일을 걸날리는 것 같아 부정적인 느낌도 들겠지만, 남편이나 아이 입장에서는 '오늘 점심은 맛있는 빵을 먹을 수 있다'며 의외로 좋아할지도 모릅니다. 너무 자신을 몰아

넣지 말고 때론 일을 겉날려봅니다. 일을 겉날렸다가 지장이 생기면 그때 다시 원래대로 돌아오면 됩니다. 겉날려도 아무것도 변하지 않는다면 그것은 하지 않아도 되는 일입니다.

겉날리는 행위는 나쁘다고 생각하기 쉽지만 그렇지 않습니다. 모든 일을 완벽하게 하기란 불가능합니다. 겉날려도 되는 일인지 아닌지를 분간하는 것이 무엇보다 중요합니다.

'반드시 해야만 한다'는 생각에 얽매여

스트레스를 쌓아두지 않도록 합시다.

연중행사에 휘둘리지 않는다

정월 초하루부터 시작하여 한 해 동안에는 다양한 연중행사가 있습니다. 불교라면 석가탄신일이나 열반절 등이 있고 기독교라면 부활절이나 성야를 기념합니다. 원래 연중행사는 종교성을 수반하여 발전해왔습니다. 각 지역에서 열리는 축제도 그렇습니다.

하지만 현대 사회는 하루가 멀다 하고 행사가 치러지고 있습니다. 밸런타인데이니 화이트데이니, 핼러윈이니 로즈데이니 하는 행사가 속속 생겨나고 있습니다. 그런 행사를 즐기는 사람에게는 좋은 일이겠지만 개중에는 분명 관심도 없는데 부득이하게 참가하는 사람도 있습니다. 밸런타인데이라고 하여 회사 사람들에게 '의리'로 초콜릿을 줍니다. 받았으니 화이트데이에는 '의리'로 돌려줍니다. 서로에게 성가신 일이라면 그만둬도 상관없지 않을까요.

연중행사란 원래 그 행사에 가치를 둔 사람이 참가해야 즐거워지는 법입니다. 세상의 흐름에 맞춰 누구나 다 행사에 참가할 필요는 없습니다. '크리스마스는 커플이나 가족끼리 보내는 것'이라는 고정관념에 얽매여 '올해 크리스마스도 외톨이'라고 끙끙 앓을 필요는 전혀 없습니다.

저는 크리스마스에 특별한 것을 하지 않습니다. 그것은 제가 승려이기 때문이 아닙니다. 불교도라도 만일 참가하고 싶은 마음이 있다면 크리스마스 파티에 갈 수 있습니다. 다만 제 자신이 거기에서 즐거움이나 가치를 보지 않을 따름입니다.

지금 전역에서 열리는 연중행사에 참가하려면 그야말로 일년 내내 행사만 쫓아다녀야 합니다. 그렇게 바쁠 필요야 있나요.

세상의 행사에 눈을 돌리기보다 자신만의 행사를 소중히 합니다. 가족만의 연중행사를 만들거나, 별것 아닌 하루를 즐기거나, 자신만의 기념일을 소중히 합니다. 즐거운 연중행사는 일년에 세 번만 있어도 충분하지 않을까요.

기념일이나 행사는 자신이 정해도 상관없습니다.

행동거지를 정돈한다

일전에 전철을 탔는데 맞은편 좌석에 젊은 여성이 앉았습니다. 유행하는 스타일의 옷을 입은 상당한 미인이었습니다. 주위 남성이 힐끔힐끔 눈길을 주는 게 느껴졌습니다. 그런데 그 여성은 자리에 앉기가 무섭게 가방에서 화장품을 꺼내어 손거울을 보며 화장을 하기 시작했습니다. 그 여성을 쳐다보던 남성은 그녀로부터 시선을 돌렸습니다. 저도 무심코 눈을 감았습니다.

'전철 안에서 화장한다고 누구한테 폐를 끼치는 것도 아닌데 어디서 화장을 하든 자유 아닌가요?' 그녀의 표정은 이런 말을 하고 있는 듯했습니다. 물론 그런 행동을 무작정 비난할 마음은 없습니다. 딸이나 가르치는 학생이라면 주의를 줄 수도 있겠지만 다 큰 성인인 타인에게 주의를 줄 마음은 없습니다.

아름다워지기 위해 멋을 부리는 행동은 멋진 일입니다. 그러나 그 멋짐을 착각하는 분이 많은 것 또한 사실입니다. 멋쟁이는 유행하는 패션을 몸에 휘감는 사람이나 매일매일 잊지 않고 화장을 하는 사람이 아닙니다. 진짜 멋쟁이는 아름다운 행동에 주의를 기울이는 사람이라고 생각합니다.

아름다운 행동거지에 유의하는 것이 곧 마음의 아름다움으로 이어집니다. 불교에서는 행동거지를 정돈하는 것이 불법佛法

을 획득하는 시작이라고 가르칩니다. 표면적인 멋에만 사로잡히지 않도록 합니다. 표면적인 아름다움은 집에 돌아가 화장을 지운 순간 바래버립니다.

'형직영단形直影端'이라는 선어禪語: 선종의 가르침가 있습니다. "몸의 자세가 아름다우면 그 사람의 그림자도 저절로 아름다워진다."는 의미입니다. 그림자는 그 사람의 마음을 나타냅니다. 행동거지가 아름다운 사람은 거기에 비추이는 마음의 그림자도 아름다운 법입니다. 당신의 행동거지는 어떤가요. 아름다운가요.

용모나 복장보다도 행동이야말로 아름다움을 나타냅니다.

때론 큰 소리를 낸다

승려들은 매일 아침 불경을 읽습니다. 독경이라는 것이지요. 수백 명의 인원이 일제히 하는 경우는 별개지만 독경을 할 때는 누구나 큰 소리로 읽습니다. 여러 명의 승려가 큰 소리로 독경을 하니 그곳에 있는 사람에게는 소란스럽게 느껴질 수도 있습니다.

저렇게까지 큰 소리를 낼 필요가 있을까 싶기도 하겠지요. 사실 큰 소리로 독경을 해야 한다는 규율도 없습니다. 그래도 승려들은 큰 소리로 독경을 합니다. 큰 소리를 내는 것이 편안하기 때문입니다.

일상생활 중에는 큰 소리를 낼 일이 거의 없습니다. 게다가 승려라는 신분 때문에 설령 마음속이 소란스러워도 가능한 한 조용한 어조로 말해야 합니다. 그런 약간의 스트레스를 아침 독경에서 큰 소리를 냄으로써 발산할 수 있습니다.

여러분도 일상에서 큰 소리를 낼 일은 그리 없을 거라 생각합니다. 하지만 스트레스가 쌓였을 때는 크게 소리를 질러보면 어떨까요. 회사나 거리에서 큰 소리를 내면 안 되니 아무도 없는 산이나 바다를 향해 외쳐봅니다. 그것이 무리라면 노래방도 좋습니다. 마음속의 울분을 크게 소리 질러 터트려보는 것입니다.

　자신을 향해 "수고했어!"라고 말해줍니다. "그래, 할 수 있어!"라고 의욕을 북돋웁니다. 혹은 누군가에 대한 불평을 외쳐도 좋습니다. 아무튼 마음에 담아둔 것들을 토해내는 것입니다. 의미를 알지 못해도 절에 가서 독경을 하는 것도 좋겠지요. 이렇게 큰 소리를 내는 습관은 의외로 마음을 가볍게 해줍니다.

　단, 큰 소리로 화를 내거나 언쟁을 하는 등 타인에게 큰 소리를 내는 것은 삼가야 합니다. 누군가를 향한 큰 소리는 감정을 점점 고조시킵니다. 만일 꾸짖거나 주의를 줘야 할 상황이라면 큰 소리가 아닌 온화한 목소리로 말하도록 합니다. 그것은 상대를 위한 것이 아니라 자신을 위한 것이기도 합니다.

큰 소리를 내면 스트레스 발산이 됩니다.

하지만 큰 소리가 사람을 향해서는 안 됩니다.

편지를 쓴다

최근에 누군가에게 편지를 써본 적이 있나요? 메일이나 SNS가 주류인 시대라서 자필로 편지를 쓸 기회도 사라졌습니다. 일부러 편지를 쓰지 않아도 메일로 전하면 충분하다고 생각하는 사람도 많을 것입니다.

물론 메일은 편리합니다. 순식간에 용건이 전해지니 이보다 편리할 수가 없습니다. 하지만 거기에는 함정이 있습니다.

용건을 전하기 위해 메일을 사용하는 것은 좋습니다. 그러나 메일로는 전해지지 않는 것이 있고 메일로 전해서는 안 되는 것도 있습니다. 예를 들어 상대와의 관계가 악화되어 메일로 감정을 전한다고 합시다. "앞으로 당신을 다시 만날 일은 없을 겁니다." 이 한 줄의 메일을 써서 바로 보내기 버튼을 클릭합니다. 클릭한 순간 그 메일은 상대에게 날아가 고작 수초 만에 관계가 깨지게 됩니다.

예전에 편지가 주류였던 시절에도 누군가에게 분노의 감정이 솟으면 "앞으로 당신을 다시 만날 일은 없을 겁니다."라는 내용을 편지에 썼습니다. 편지를 다 쓰고 나니 우표가 없습니다. '오늘은 이미 우체국이 닫혔으니 내일 아침에 우표를 사러 가자'고 생각하며 그날은 잠자리에 듭니다. 편지에 분노를 토해

낸 덕분에 밤에는 감정이 사그라져 온화해져 있습니다.

그리고 다음 날 아침 우체국에 갑니다. 그리고 우표를 사서 봉투에 붙입니다. 거기에는 우체통 앞에 서서 편지를 집어넣을지 말지 주저하는 자신의 모습이 있습니다. '뭐, 급하게 보낼 필요가 있을까. 생각해보니 내 잘못도 있어'라고 문득 자신을 돌아보게 됩니다. 그런 시간 덕분에 하나의 인간관계를 잃지 않을 수도 있습니다.

자신의 마음이 주저하는 그 시간은 매우 중요합니다. 그 순간이야말로 자신을 성장시켜줍니다. 인간의 마음은 절대 한순간에 전해질 만큼 얄팍하지 않습니다.

상대에게 전하기 전에 한 호흡을 둡니다.

100일간 계속해본다

다양한 정보를 접하게 되면 실천해보고 싶다는 생각이 들기 마련입니다. '나도 저런 생활습관을 들이고 싶다', '더 건강해지기 위해 이런 방법을 시도해보고 싶다', 여러 정보를 접할 때마다 이것저것 도전하고 싶어집니다. 하지만 실제로는 일주일도 못 가 그만두게 되었던 경험은 누구나 갖고 있겠지요.

만일 꼭 해보고 싶은 게 있다면, 그것이 자신의 생활을 풍요롭게 해주는 것이라면 아무튼 3일간 계속해봅니다. 작심삼일이라는 말도 있듯이 대부분 3일이면 질리게 됩니다. 그것을 극복해야 합니다. 그리고 어떻게든 10일간 계속하고, 다음에는 분발하여 1개월간 계속하는 노력을 합니다. 이 단계에서는 아직 습관으로서 몸에 배지 않습니다. 더 계속해서 100일이 지나면 이제 습관으로서 몸에 배게 됩니다.

습관이 되고 나면 이제 완전히 내 것이 됩니다. 그것을 하지 않으면 뭔가 허전해집니다. 승려의 아침 근행도 똑같습니다. 오늘은 하고 싶지 않다든지 귀찮다든지 하는 생각은 티끌만치도 떠오르지 않습니다. 아무 생각 하지 않아도 몸이 저절로 움직입니다. 이것은 생활방식만이 아니라 인간관계에서도 마찬가지입니다.

만일 회사의 인간관계가 힘들다고 느끼는 사람이 있다면 매일 아침 회사에서 만나는 사람 모두에게 "안녕하세요!"라고 큰소리로 인사를 해보세요. 처음에는 부끄럽기도 하겠지만 어쨌든 100일간 계속해보세요. 점점 인사를 하지 않으면 왠지 찝찝한 기분이 들 것입니다. 처음에는 인사를 받은 쪽도 놀랄지 모르지만 100일을 계속하면 그것이 당연해집니다. 그래서 마침내 상대는 '저 사람은 매일 아침 기분 좋게 인사를 해준다, 저 사람의 인사를 받으면 힘이 난다'고 생각하게 됩니다. 그러면 저절로 당신 주위에는 많은 사람이 모여들겠지요.

편안한 습관은 주위에도 전염되어갑니다. 당신의 좋은 습관을 주위 사람에게도 나누어주면 좋겠지요.

아무튼 100일간 계속해봅니다.

하루라도 걸렀을 때 마음이 안정되지 않게 된다면 성공입니다.

2장

버리고 정돈한다

어수선한 풍경을 만들지 않는다

예로부터 일정한 수행을 마친 승려는 자신의 수행을 더욱 정진시키기 위해 산속에 머물며 수행을 쌓는 것을 이상으로 여겼습니다. 속세에서 떨어져 오로지 수행에만 전념하는 것이 기본이었습니다.

왜 산에 머물렀을까요. 그냥 집에 머물며 수행을 할 수는 없었을까요. 아마 그 큰 이유는 집에서는 수행에 집중할 수 없기 때문이 아닐까요.

집에 있으면 어쨌든 생활하기 위한 도구가 눈에 들어옵니다. 무언가가 눈에 들어오면 아무래도 사람은 그쪽으로 기를 빼앗기게 됩니다. 밥그릇이 눈에 들어오면 무심코 먹을거리가 생각나겠지요. 하지만 산속에 있으면 눈에 들어오는 것은 나무와 계곡의 흐름뿐입니다. 불필요한 것은 일절 눈에 들어오지 않습니다. 불필요한 것에 사로잡히지 않고 수행에 집중할 수 있는 그런 이유도 있기 때문에 산속에 머물지 않았을까 생각합니다.

매일 생활하는 방 안도 이와 다르지 않습니다. 넘치도록 물건이 쌓여 있는 방에서 매일을 보내면 머릿속에 항상 잡다한 생각이 끊이지 않습니다.

물론 방 안에 자신이 좋아하는 물건을 늘어놓고 그 물건에 둘러싸여 살아가는 것도 즐겁겠지요. 하지만 모든 방을 물건으로 꽉꽉 채워두기보다는 방 하나 정도는 아무것도 없이 심플하게 만들어봅니다. 마음을 안정시키고 싶거나 마음먹은 일을 하고자 할 때 그곳에서 조용히 생각할 시간을 갖습니다.

만일 비워둘 방이 없다면 아무것도 없는 심플한 공간을 한군데 만듭니다. 방 한쪽에 작은 책상을 두고 그 주위에는 아무것도 두지 않습니다. 책상 위에 놓은 물건도 최소한으로 하고 조용하게 집중할 수 있는 공간을 만들어보면 어떨까요. 마음의 피난처, 혹은 휴식처라고 할까요. 그런 공간이 우리에게는 필요합니다.

아무것도 없는 공간이 머리와 마음속을 정리해줍니다.

공간을 메우지 않는다

사찰 입구나 계단에 들어서면 '각하조고脚下照顧' 혹은 '조고각하照顧脚下'라는 새김글이 보입니다. 이 말은 "신발을 가지런히 하라."는 뜻이지만 그 속에는 더욱 깊은 의미가 있습니다. 자신이 신고 온 신발을 흐트러놓는 사람이 있습니다. 또한 어느 집 현관에는 몇 켤레나 되는 신발이 널브러져 있습니다. 선에서는 이를 두고 그 사람이나 그 집에 사는 사람의 마음속이 정돈되어 있지 않다고 생각합니다.

이는 신발에만 한한 것이 아닙니다. 당신이 늘 사용하는 책상은 깨끗하게 정돈되어 있나요? 일을 잘하는 사람의 책상은 한눈에도 깨끗하게 정돈되어 있습니다. 한창 일에 열중일 때는 서류 등이 흐트러져 있는 경우가 있어도 퇴근할 즈음이면 멋지게 정돈되어 있습니다. 책상이 정돈되어 있다는 것은 자신이 해야 할 일이 머릿속에 정돈되어 있음을 의미합니다.

일류 요리사가 한 가지 요리를 완성했을 때는 주위도 아주 깔끔하게 정리되어 있습니다. 그리고 바로 다음 요리에 착수할 준비가 갖춰져 있습니다. 그야말로 프로 요리사다운 면모입니다. 조리대를 보면 그 요리사의 실력을 바로 알 수 있다고 하는데, 과연 그렇다고 생각합니다.

당신의 생활 속에 공간이 생긴다면 '물건을 둘 곳이 생겼다'고 그곳을 채우려고만 해서는 안 되겠지요. 아무것도 없는 탁자 위에는 꽃 한 송이면 충분합니다. 그 공간에 신문이나 잡지, 과자 등을 함부로 두지 않도록 합니다.

공간이 생길 때마다 그곳에 물건을 두고 채워가는 행위가 집 안을 어수선하게 만듭니다. 그런 어수선함 속에서 살아가다 보면 어느샌가 자신의 마음조차 어수선해집니다.

공간은 채우기 위해 있는 것이 아닙니다. 여유 공간은 마음속에도 여유를 가져다줄 것입니다.

마음의 여유를 갖기 위해 공간에도 여유를 갖습니다.

일단은 하나만 처분한다

물건이 넘쳐나는 시대입니다. 특별히 욕심 부리지 않아도 저절로 주위에 물건이 늘어갑니다.

방 안을 둘러보세요. 거기에 있는 물건은 정말 필요한 것들일까요. 한 번밖에 입지 않은 옷, 비슷비슷한 디자인과 용도의 가방, 어떻게든 정리하고 싶은데 좀처럼 버릴 수가 없습니다. '혹시 다시 입을지도 모르잖아', '어떻게 손에 넣은 건데… 버리긴 아까워', 이는 물건에 마음을 빼앗긴 상태라고 할 수 있습니다.

당신의 방은 당신의 마음을 비추는 거울입니다. 만일 당신의 방에 불필요한 물건이 많다면 당신의 마음도 불필요한 것들로 넘쳐나고 있는 것입니다. 마음속이 욕망이나 집착, 질투 등으로 가득 차 있는 것입니다.

우선 당신이 갖고 있는 불필요한 물건을 하나만 처분해보면 어떨까요. 20개의 가방 중에 5개를 처분하기는 어려워도 20개의 가방 중 1개라면 어떻게든 처분할 수 있지 않을까요. 비슷한 디자인이 여럿 있다면 그중 하나를 친구에게 줍니다. 하나라면 충분히 가능합니다.

사실 그 하나는 큰 의미를 갖습니다.

20개의 가방 중 1개는 작은 수지만 그 하나를 처분함으로써 '필요하다고 생각했는데 필요 없는 것이었어. 나도 처분할 수 있어'라고 조금은 마음이 가벼워지기 때문입니다. 그 작은 자신감이 당신의 생활방식을 확연히 바꾸어줍니다.

집착에서 해방된 산뜻함. 그것을 알게 됨으로써 지금껏 안고 있던 욕망이 조금씩 줄어듭니다. 더 이상은 필요 없다는 생각에 이를 때 당신의 마음에는 여유와 만족감이 생겨날 것입니다.

작은 한 걸음이 큰 변화를 낳습니다.

물건의 위치를 정한다

수행승 시절에는 큰 절의 경우 수백 명이서 공동생활을 하게 됩니다. 운수라고 불리는 수행승 시절에 각자에게 주어진 생활공간은 다다미 한 장 정도입니다. 그 공간에서 기상을 하고 식사도 합니다.

주어진 공간이 협소해서 개인 물건을 거의 가질 수 없습니다. 생활에 필요한 물건의 대부분은 공동으로 사용합니다. 걸레 한 장도 공유하면서 사용합니다. 따라서 모든 물건은 어디에 둘지가 정해져 있어 다 사용하면 바로 제자리로 돌려놓는 습관이 배어 있습니다.

저는 지금도 비교적 이 습관이 배어 있어 물건을 찾아 헤매는 일이 별로 없습니다. 무엇이 어디에 있는지 머릿속에 훤히 들어 있습니다.

물건을 찾는 시간만큼 헛된 시간은 없습니다. '그 자료를 어디에 뒀더라?', '풀은 서랍 속에 둔 것 같은데' 이렇게 30분이나 물건을 찾아 헤맨다면 일의 착수는 한 시간쯤 늦어지겠지요. 그러면 주위에도 폐를 끼치게 됩니다.

물건 하나하나의 위치를 정해둡니다. 그리고 다 사용하면 바로 제자리로 돌려놓습니다. 가정에서도 그런 습관을 들이도록 합니다. 요즘 아이들에게는 각자의 방이 있습니다. 각자의 방 안에 있는 물건은 모두 자신의 물건이니 그것이 눈에 띄지 않아 찾아 헤맨다고 해도 다른 가족에게 폐가 될 일은 없습니다. 그런 자유로움이 정리정돈의 습관을 방해하지는 않을까요.

좀 더 의식적으로 가족 공용의 물건을 가져보는 것은 어떨까요. 이를테면 가위를 한 사람이 하나씩 갖고 있을 필요는 없습니다. 한 가족에 하나만 있어도 충분합니다. 한 사람에 하나씩이라는 발상을 멈추고 4인 가족에 하나라는 발상으로 전환하는 것입니다. 그러면 다양한 물건이 4분의 1로 줄어듭니다. 공유 공간을 만들어 이런 물건의 위치를 정해둡니다. 사용하면 바로 제자리로 돌려놓습니다. 그런 습관을 들이는 것이 아이들을 위하는 길이라고 생각합니다.

도구는 공동으로 사용합니다. 여러 개 갖지 않습니다.

사용하고 나면 제자리에 둡니다.

집 안에 파워스폿을 만든다

파워스폿Power Spot: 장소에 흐르는 강한 기를 받아 스트레스를 치유하고 안식을 얻을 수 있는 특정 지역이라 일컫는 곳이 각지에 존재합니다. 상당한 유행이 되어 각지의 파워스폿은 항상 붐비고 있습니다. 확실히 그런 곳은 정화 작용이 매우 강해 그곳에 머무는 것만으로 마음이 편안해집니다. 가능하면 그런 장소를 찾아가보기를 권합니다.

하지만 그곳에 가기만 한다고 마음이 편안해지는 것은 아닙니다. 여럿이서 관광 삼아 찾아가서 웅성웅성거려서는 그 편안함을 느낄 수 없습니다. 기왕 파워스폿을 찾아갈 바에야 되도록 혼자나 소수로 조용히 찾는 게 좋지 않을까요.

왜 파워스폿에 가면 마음이 평온해질까요. 그것은 그 장소가 갖는 힘도 있지만 그보다는 무심無心이 될 수 있기 때문이 아닐까 생각합니다. 모든 집착과 망상을 떨쳐내고 아무것도 생각하지 않는 시간을 갖습니다. 그런 상태를 만듦으로써 마음이 말끔하게 씻깁니다. 고작 30분이라도 무심이 되는 시간을 갖는 것에 파워스폿의 의미가 있습니다.

그렇게 생각하면 군이 파워스폿을 찾지 않아도 집 안에 그런 장소를 만들 수 있습니다. 정원 한쪽에 좋아하는 화초를 심어 자신만의 파워스폿을 만들어봅니다. 만일 정원이 없다면 베란다에 정원을 만들어보는 건 어떨까요. 아주 작은 공간이라도 충분합니다.

저는 상자 정원을 많이 권하는데요. 가로세로 50cm 정도의 상자를 마련하여 그 안에 자신만의 정원을 만들어봅니다. 꽃을 심기가 힘들면 모래를 깔아서 채우고 그 위에 돌을 올려둡니다. 마른 나뭇가지 등을 주워 와서 상자 안에 꾸며봅니다. '가레산스이枯山水: 물을 사용하지 않고 돌과 모래 등으로만 산수를 표현한 정원'라고 불리는 일본 정원의 느낌도 날 것입니다.

자신만의 상자 정원을 만들어 아무것도 생각하지 않고 그저 상자 정원 안에서 마음이 노닐도록 해주세요. 그것 또한 훌륭한 파워스폿이라고 생각합니다.

무심이 될 수 있는 자신만의 작은 정원을 만듭니다.

아침 시간을 소중히 한다

아침 공기는 깨끗합니다. 설령 도심 한가운데 있어도 아침 공기만은 맑고 깨끗합니다. 전날의 더러움이 완연히 가신 듯한 맑은 공기가 거리를 감싸고 있습니다. 그런 아침 공기를 가슴 가득 들이마시는 것은 몸과 마음 모두에 아주 좋습니다. 매일 아침 조금 일찍 일어나 방의 창문을 활짝 열어봅니다. 가능하다면 집 밖으로 나가 맑은 공기를 실컷 들이마십니다. 그렇게만 해도 상쾌한 하루를 시작할 수 있습니다.

아침에 알람이 울립니다. 졸리니까 10분만 더 자려고 합니다. 하지만 그 10분이 부족한 잠을 해소해줄 리 만무합니다. 잠이 부족하다면 밤에 30분 일찍 잠자리에 드는 편이 훨씬 질 좋은 수면을 취할 수 있는 방법입니다. 그리고 아침에는 10분 일찍 일어나 하루를 여유롭게 시작해보세요. 차를 마시면서 바깥 풍경을 바라봅니다. 혹은 오늘 하루 할 일에 대해 이런저런 생각을 해봅니다. 그런 여유가 마음의 여유로도 이어집니다.

밤이 되면 다양한 걱정거리가 머릿속을 떠돕니다. 하루를 돌아보며 무심코 감정이 고조되기도 합니다. 감정의 고조나 걱정거리는 밤이라는 필터를 거치면 점점 커져갑니다. 만일 밤에 걱정거리나 불안이 덮쳐온다면 '내일 아침에 생각하자'라고 일단 거기에서 멈춥니다. 그리고 다음 날 아침에 다시 생각해보면 그 대부분은 별일이 아니었음을 깨닫게 됩니다.

한 생리학 박사는 "아기는 저녁이 되면 울기 시작하는 일이 많다. 그것은 어두워지는 것에 대한 불안 때문이다."라고 말했습니다.

사람은 태양이 떠오르는 것과 함께 활동을 시작합니다. 아침 공기를 들이쉬는 것만으로 의욕이 솟습니다. 몸의 구조가 그렇게 되어 있습니다. 승려의 수행 역시 그런 연유로 대부분 아침에 행해지고 있으리라 생각합니다. 저는 항상 4시 30분에 기상합니다. 여러분은 그렇게까지 일찍 일어날 필요는 없겠지만 평소의 아침보다 10분만 일찍 일어나보지 않으렵니까.

그리고 아침에 깨끗한 공기를 가슴 가득 들이쉬어 주세요. 기분이 좋아집니다.

아침에 활동하는 시간을 늘려야 기분 좋은 매일을 보낼 수 있습니다.

공백의 하루를 만든다

승려들은 수행 생활 중에 법회 등을 제외하고는 그날 할 일의 대부분을 오전 중에 마치도록 합니다. 또한 '만과晩課'라고 불리는 저녁 근행 시간에는 기본적으로는 무엇을 해도 좋습니다. 물론 배속된 장소와 일의 내용에 따라 다르지만 기본적으로는 자유 시간이 있습니다. 그 시간을 이용하여 경전 공부에 힘쓰는 사람이 있는가 하면 승복을 간단하게 수선하는 사람도 있습니다. 놀러갈 수도 없고 얼마 되지 않는 시간이지만 자유로운 한때이기도 합니다.

무엇을 해도 좋은 이 자유 시간이야말로 실은 자신이 시험당하고 있는 시간입니다. 그 시간에 무엇을 할 것인가, 어떻게 자신과 마주할 것인가, 무엇을 배우고 무엇을 느낄 것인가, 그런 것들을 시험당하는 때이기도 한 것입니다.

이런 공백의 시간을 갖는 것은 자신을 바라보는 데 있어 매우 중요합니다. 여러분도 한 달에 한 번 정도는 어떠한 볼일도 없는 공백의 하루를 만들어보면 어떨까요. '내일은 아무런 일정도 없는데 어떻게 보낼까?' 이런 공백의 날을 한 달에 한 번이라도 만들어보는 것입니다. 아침에 일어나서 어디론가 가고 싶다면 나갑니다. 책이 읽고 싶다면 서점이나 도서관으로 발길을 옮깁니다. 무엇을 하든 자유입니다.

아무것도 하지 않는 하루라도 좋습니다. 그냥 방 안에서 멍하니 보내는 날이 있어도 괜찮습니다. 그곳에 흐르고 있는 시간이 편안하다면 무언가를 무리해서 할 필요는 없겠지요. 그런 공백의 시간 속에 몸을 둠으로써 잊고 있던 자신을 되찾을 수 있습니다. 깨닫지 못했던 것을 깨닫는 계기도 됩니다. 즉, 자신과 마주하는 것입니다.

하루를 오롯이 공백으로 하기 어려운 사람이라면 하루 중에 몇 시간 정도라도 공백의 시간을 만들어볼 수 있지 않을까요. 혼자만의 자유로운 시간을 의도적으로 설정합니다. 누구에게나 자신을 시험하는 시간이 필요한 법입니다.

아무것도 하지 않는 하루를 만들어 자신과 마주해보세요.

텔레비전을 켜둔 채로
두지 않는다

지금은 TV가 한 집에 한 대가 아닌 한 사람에 한 대인 시대가 되었습니다. 또한 채널 수도 날로 늘어만 갑니다. 심야 방송은 당연해졌고 언제든 어떤 방송이든 메뉴에서 골라 볼 수 있습니다. 그것은 나쁘지 않지만 적어도 하루 내내 TV를 켜두는 것은 삼가야 하지 않을까요.

한 프로그램이 끝나면 바로 다음 프로그램이 시작됩니다. 방송국 입장에서는 계속해서 흥미를 끌 만한 영상을 흘려 시청자들의 시선을 잡아둬야 시청률이 올라가니, 어떻게든 TV를 끄지 않게 할 궁리를 합니다.

하지만 시청자는 TV를 끄는 습관을 들이는 게 좋다고 생각합니다. 자신이 주체가 되어 보고 싶은 방송을 선택하여 보도록 합니다. 별 흥미도 없는 방송을 그냥 틀어놓고 볼 시간이 있다면 차라리 잠을 보충하는 게 훨씬 낫다고 생각합니다.

집 안에서 항상 TV를 켜두면 가족 간의 대화도 TV 관련 화제밖에 없습니다. 얼마나 쓸쓸한 가족 관계인가요. 때론 TV를 끄고 눈과 눈을 마주하면서 대화하는 것도 필요합니다. 설령 서로 의견이 부딪치더라도 그것이 서로의 관계를 깊게 해줍니다.

TV를 통한 대화로는 깊은 관계에 이르지 못합니다.

혼자 사는 사람은 외로움을 달래기 위해 무심코 TV를 켜두는 일도 있습니다. TV에서 소리가 흐르는 것만으로 안도감이 들기 때문이지요. 하지만 그 안도감은 TV의 전원을 끈 순간 사라지고 맙니다.

TV로 외로움을 떨칠 수는 없습니다. 외로움은 TV를 끄고 정적 속에서 자신의 마음과 마주해야만 이겨낼 수 있습니다. 그렇지 않으면 그 외로움은 절대 해소되지 않습니다.

TV에 시간을 지배당하지 않도록 합니다.

오늘 할 일만 생각한다

'일일부작일일불식一日不作一日不食'이라는 유명한 선어가 있습니다. 이 말은 흔히 "일하지 않은 자는 먹지 말라."는 의미로 파악되기 쉽지만 본래의 의미는 그렇지 않습니다.

사람은 제각기 역할을 갖고 있습니다. 아버지로서의 역할, 어머니로서의 역할, 부장으로서의 역할, 영업사원으로서의 역할 등 누구나 자신에게 주어진 '할 일'을 갖고 있습니다. '일일부작일일불식'은 그 일들을 날마다 해나가는 것의 중요함을 말하고 있습니다.

매일매일 생활에 쫓기다 보면 다양한 것들이 정체되어 갑니다. 오늘 할 일을 다 하지 못해 내일로 미루는 중에 점점 할 일이 정체되어 갑니다. 혹은 일은 어떻게든 처리하고 있지만 가정에 소홀해져 가족에 대한 미안함이 쌓여가기도 합니다.

현실적으로 하루의 시간은 한정되어 있습니다. 도저히 하루 만에 끝내지 못할 일을 지시받는 날도 있겠지요. 아이의 도시락을 싸주지 못하는 날도 있겠지요. 하지만 그것은 어쩔 수 없습니다. 그렇기 때문에 '이것만큼은 반드시 해야 할 일'을 자신이 정해두는 것입니다. 아무리 바빠도 아이가 아침에 일어나면 "잘 잤니?"라고 말하며 꼭 껴안아줍니다. 이 정도는 마음먹기 나름이겠지요. 무리해서 하기보다는 무슨 일이 있더라도 할 수 있는 일을 자신의 생활에서 한 가지 정해둡니다. 그것은 분명 마음의 작은 기둥이 될 것입니다.

일에 있어서도, 혹여 내일로 넘기게 되는 일이 있더라도 마음까지 내일로 넘기지는 않도록 합니다. '어제 하려고 했던 일이 남아 있다'고 생각하는 사람이 있습니다. 현실은 그럴지라도 그렇게 생각하는 대신 '이것은 하다 남은 일이 아니라 오늘 할 일'이라고 생각합니다. 같은 일이라도 하다 남은 일과 오늘 할 일은 마음가짐이 다른 법이니까요. 어제 하지 못했다고 후회해 봤자 더는 돌이킬 수 없습니다. 오늘이라는 새로운 하루가 이미 시작되었기 때문입니다.

하지 못한 일은 후회하지 않습니다. 오늘 할 수 있는 일을 생각합니다.

나중에 하려고 생각하지 않는다

선의 사고방식에는 '지금'이라는 시간밖에 존재하지 않습니다. 지나간 과거에 연연하지 않고 아직 오지 않은 미래를 생각하지도 않습니다. 지금이라는 이 순간을 소중히 여기며 살아가면 미래라는 것이 다가온다고 생각합니다.

지금을 중시하는 것은 행동으로 옮기는 것입니다. 지금 해야 할 일을 내일로 미루지 않는 것입니다. 선에는 뒤로 미룬다는 발상이 없습니다.

사람에게는 매사를 무심코 뒤로 미루려는 습관이 있습니다. 하늘이 무너져도 반드시 해야 할 일이라면 하겠지만, 지금 하지 않아도 되는 일이라면 내일로 미뤄도 괜찮다고 생각해버립니다. 특별한 일이 아니라도 자꾸 미루는 습관이 들면 나중에는 이러지도 저러지도 못하게 됩니다.

정리가 그 좋은 예입니다. 매일 정리하는 습관을 들여놓으면 아주 짧은 시간에 정리가 끝나지만 '나중에 정리하자'고 쌓아두면 마침내 방 안은 흐트러집니다. 그렇게 되고 나서 정리하려고 하면 어디부터 손을 대야 할지 난감해집니다.

'나중에 하자'라고 생각할 때의 그 '나중'은 대부분 구체적인 시간이 정해져 있지 않습니다. '나중에 하자'라고 생각한 것의 대부분은 결국 하지 않게 됩니다.

특히 일을 미루는 습관을 들이면, 작은 실수라도 시간이 경과한 것만으로 돌이킬 수 없을 만큼 큰 문제가 되어버리는 사태도 생길 수 있습니다.

정리든 일이든 바로 하면 별일은 생기지 않습니다. 바로 행동하면 간단하게 끝낼 수 있는 일도 많습니다. 하지만 손을 놓고 있는 탓에 일은 점점 커져만 갑니다. 결국 일을 크게 만드는 것은 당신 자신입니다. 선즉행동禪卽行動, 즉시 행동하라. 이것이 당신의 마음을 가볍게 하여 당신 자신을 도와줄 것입니다.

자꾸 미루면 그 무게는 점점 무겁게 당신을 덮쳐올 것입니다.

멀리만 보지 않는다

'죽유상하절竹有上下節'이라는 선어가 있습니다. "대나무는 위 아래로 마디가 있다."는 말입니다. 아시다시피 대나무에는 마디가 있고 이 마디 때문에 곧고 길게 뻗을 수 있습니다. 우리의 인생도 이와 같다고 생각합니다.

예를 들어 엄청난 양의 일을 한 달 내로 처리하라는 지시를 받았다고 합시다. 눈앞에 보이는 어마어마한 양의 일을 과연 한 달 내로 처리할 수 있을까 하는 불안과 걱정이 물밀듯이 밀려옵니다. 그 불안을 극복할 방법은 단 한 가지, 한 달 후의 일은 생각하지 않는 것입니다. 오늘 하루에 할 수 있는 일을 합니다. 오늘 하루하루를 꾸준히 열심히 살아가면 됩니다. 하루라는 마디마디를 차곡차곡 쌓아올려 가면 한 달 후의 자신이 있을 테니까요.

눈앞에 긴 계단이 있습니다. 아래에서 올려다보면 그 계단은 오를 엄두가 나지 않을 만큼 길어 보입니다. 그래도 아무튼 한 계단 한 계단 발목만 보면서 올라갑니다. 3분의 1정도 올라 아래쪽을 돌아보면 '아, 나도 모르는 새 이만큼이나 올라왔구나!'라고 실감하게 됩니다. 계속 올라가 정상 가까이에서 다시 돌아보면 거기에는 지금까지와는 다른 세계가 펼쳐져 있습니다.

인생의 오르막이란 그런 것입니다. 단번에 꼭대기까지 올라갈 수는 없습니다. 그렇다고 항상 뒤만 돌아보고 있으면 자신의 걸음이 굉장히 느리게 느껴지겠지요. 뒤를 돌아보지 않고 오로지 한 걸음, 또 한 걸음 나아가는 것이 중요합니다.

"○○살 무렵에는 이렇게 되어 있으면 좋겠다."고 말하는 사람이 있습니다. 이상을 품는 것은 나쁘지 않지만 오늘이라는 발밑을 보지 않고 먼 장래에만 눈을 향하는 것은 아직 오르지도 않은 긴 계단을 앞에 두고 한 발자국도 떼지 않은 채 머뭇거리고 있는 것과 같습니다.

만일 나중에 독립하여 창업하고 싶다면 '지금 회사에서 내가 할 수 있는 일은 무엇인가, 오늘 내가 한 일은 이익을 창출했는가'라는 생각을 갖고 열심히 일합니다. 그런 한 걸음 한 걸음이 당신이라는 사람의 인생을 만들어갑니다.

'미래의 자신'은 '오늘의 자신'이 축적된 것입니다.

아무것도 하지 않는
시간을 갖는다

바쁘다는 말을 입버릇처럼 하는 사람이 있습니다. 도시의 역이나 거리를 보고 있노라면 다들 바쁜 걸음으로 걸어갑니다. 하나같이 무표정한 얼굴에 사람을 밀어젖히듯 헤치며 급하게 걸어가는 사람도 볼 수 있습니다. 흡사 마음을 잃어버린 듯한 모습입니다.

바쁜 것에는 두 종류가 있습니다. 하나는 일정한 시간 안에 꼭 해야만 하는 것입니다. 예를 들면 '한 시간 안에 이 작업을 끝내지 않으면 안 된다, 오전 중에 이만큼의 일을 처리하지 않으면 안 된다'와 같은 경우입니다. 이렇게 바쁜 것은 마음에 과하게 부담을 주지는 않습니다. 왜냐하면 어쨌든 눈앞의 작업에 몰두하고 있으면 분명 그 끝이 보이기 때문입니다. 그런 것들로부터는 반드시 벗어날 때가 옵니다.

또 한 가지 바쁜 것이 있습니다. 이게 조금 까다로운데, 이것저것 '할 일'이 머릿속에 꽉 들어차 항상 뭔가에 쫓기고 있는 듯한 감각입니다. 아마 이런 감각을 갖고 있는 사람은 많을 것입니다. 어쩌면 현대인 특유의 감각일지도 모릅니다.

그렇게 마음이 바쁜 것으로부터 벗어나는 방법이 있습니다.

바로 '아무것도 하지 않는' 시간을 갖는 것입니다.

하루 중에 설령 10분이라도 괜찮습니다. 아무것도 하지 않고 멍하니 있는 시간을 만들어보세요. 그럴 여유가 없다고요? 그렇다면 잘 생각해보세요. 하루 중에 10분을 멍하니 있는 시간으로 사용했다고 하여 상황이 변할 일은 거의 없습니다. 그 10분 때문에 일이 늦어지는 경우도 그리 없을 것입니다.

일찍 일어나서 바로 몸단장을 시작하는 게 아니라 잠깐 바깥 풍경을 바라봅니다. 점심을 먹고 회사로 돌아가는 길에 근처를 10분 정도 걸어봅니다. 혼자만의 시간을 만들어 아무것도 생각하지 않고 멍하니 있어봅니다. 낮에 그것이 불가능하다면 밤에 잠자기 전 10분간, 그렇게 마음이 노닐도록 해보는 것입니다.

하루에 10분, 의식적으로 멍하니 있어봅니다.

하루를 매듭짓고
다시 시작하도록 한다

매일 살아가다 보면 계속해서 생각할 게 떠오르기 마련입니다. 꼭 해야 할 일부터 일상의 걱정거리까지 생각은 꼬리에 꼬리를 물고 늘어만 갑니다. 아침부터 밤까지 계속 일하고, 잠자리에 들어서도 생각에서 벗어날 수 없습니다. 그런 삶을 계속해서 살아가다 보면 마음에 부담만 더해갑니다.

하루의 끝에는 모든 것을 마음에서 털어내고 마음을 산뜻하게 하는 시간을 갖습니다. '오늘 하루도 정말 열심히 잘 살았어!'라고 자신을 칭찬해줍니다. 그리고 '내일 일은 내일 생각하자'라고 확실히 매듭을 짓는 것이 중요합니다.

저의 지인 중에 이런 여성이 있습니다. 그녀는 회사에서 중책을 맡고 있는 데다 집에 돌아오면 가사와 육아로 쉴 틈이 없습니다. 시간은 아무리 많아도 부족하고 머릿속에는 할 일이 가득합니다. 그런 날들 속에서 그녀는 거르지 않는 습관을 들였다고 합니다.

밤이 되어 집안일을 마무리하고 남편과 아이가 잠든 후 자신은 바로 잠자리에 들지 않고, 거실 소파에 앉아 좋아하는 책을 읽는 습관을 들인 것입니다. 고요한 거실에서 일도 가사도 육아도 머릿속에서 훌훌 털어버리고 독서에 집중합니다.

하지만 아무리 읽고 싶은 마음이 간절해도 피로해져 있는 탓에 바로 졸음이 덮쳐옵니다. 잠시 활자를 쫓다가 보면 금세 신잠이 들어버립니다.

사실 이 시간이야말로 기분을 전환하는 중요한 시간입니다. 바로 잠자리에 들면 분명 매일 걱정거리가 엄습해옵니다. 하지만 잠시 혼자가 되어 선잠을 자는 것으로 하루가 리셋됩니다. 그것이 그녀에게는 좌선과 같은 것이겠지요. 좋아하는 사진집이나 시집이 '반야심경' 대신이 되어 있는지도 모릅니다. 기분을 전환하는 자신만의 시간과 장소를 가짐으로써 다시 새로운 하루를 시작할 수 있습니다.

하루를 매듭지음으로써 다시 새로운 하루를 시작할 수 있습니다.

지각을 하지 않는다

저는 젊은 시절부터 약속 시간만큼은 엄수해왔습니다. 약속 시간 15분 전에는 목적지에 도착하도록 집을 나섭니다.

어쩌면 전철이 늦어질 수도 있고 가는 길에 무슨 일이 생길지도 모른다는 생각으로 일찍 집을 나서는 것입니다.

15분 전에 도착하는 것은 시간 낭비라고 생각하는 사람도 있겠지요. 하지만 15분 전에 도착하면 여유롭게 차를 한 잔 하면서 마음의 준비를 할 수 있으니 절대 헛된 시간이 아닙니다.

15분 일찍 집을 나서려면 그전에 다른 일들을 처리해야 합니다. 할 일을 15분 일찍 끝내는 것입니다. 그쪽이 훨씬 효율적이라고 생각합니다.

시간에 쫓기는 일 없이 여유를 갖고 행동하면 마음에도 여유가 생깁니다. 예를 들어 역까지 걸어서 10분이 걸린다고 합시다. 빠른 걸음으로 걸으면 8분 전에 집을 나서도 시간에 맞출 수 있겠지요. 하지만 빠른 걸음으로 걸으면 지인을 만나도 제대로 인사를 나누지 못합니다. "안녕하세요!"라고 인사 한 마디 제대로 건넬 여유조차 없습니다. 결국 못 본 척 지나치게 되는 일도 생깁니다. 이런 사소한 일들이 쌓이고 쌓여 인간관계는 엷어집니다.

시간 여유를 갖고 집을 나서면 지인을 만나도 느긋하게 인사할 수 있습니다. 인사할 시간은 10초면 충분합니다. 혹은 천천히 걷다가 길가에 핀 꽃 한 송이에 눈이 머물기도 합니다. 그 꽃 한 송이가 마음에 행복을 주기도 합니다. 그 시간은 절대 헛되지 않습니다.

상담 등으로 저를 찾아오는 분들 중에는 약속 시간에 늦는 분이 거의 없습니다. 그래도 약속 시간에 아슬아슬하게 왔는지, 아니면 미리 도착해서 어딘가에서 시간을 보내다 왔는지, 신기하게도 알 수 있습니다. 시간 여유를 갖고 온 사람에게서는 왠지 여유가 느껴집니다. 그것은 아마 상담할 준비가 충분히 갖춰져 있다는 자신감 때문이겠지요. 그런 사람과의 일은 원만하게 진행됩니다. 저는 그렇게 생각합니다.

5분, 10분을 아까워하다 보면 자신도 모르는 새 잃는 것이 생깁니다.

두 가지 일을
동시에 하지 않는다

제가 고교생이었던 옛날의 일입니다. 당시 '하면서 족ながら族'이라는 말이 유행했습니다. 이 말은 수험생이 '라디오를 들으면서 공부를 하는' 데에서 유래했습니다. 라디오 심야 방송의 전성기라 라디오를 들으면서 공부하는 젊은이가 급증했기 때문입니다. 공부에만 집중하는 것이 아니기에 그리 칭찬받을 습관은 아닙니다.

이 '하면서'의 습관이 현대에는 당연시되어 있습니다. 특히 시간에 쫓기는 직장인은 점심을 먹으며 일 관련 자료를 읽습니다. 혹은 전철 안에서 이어폰으로 영어 회화를 들으면서 신문을 봅니다. 얼핏 시간을 효율적으로 사용하고 있는 것처럼 보이지만 '하면서' 습관은 어느샌가 스트레스의 원인이 됩니다.

선의 사고방식은 한 번에 하나의 일에만 집중하는 것입니다. 동시에 다양한 일을 하는 게 아니라 한 번에 하나의 일과 마주합니다.

식사를 하면서 TV를 보거나 신문을 보는 것은 식사에 집중하고 있지 않은, 즉 식사를 즐기고 있지 않은 것입니다. 일하는 시간에는 철저히 일에 집중하고 식사 시간에는 식사를 진심으로 즐기며 충분히 음미합니다. 이와 같이 하나의 일과 마주하여 매듭을 짓는 것이 실은 스트레스를 해소하는 일이 아닐까 저는 생각합니다.

두 가지 일을 동시에 하는 것이 효율적이라고는 생각하지 않습니다.

효율적으로 보여도 결국 한 가지 작업에 집중하는 게 시간이 단축됩니다. 왜냐하면 두 가지 일을 동시에 진행하면 할수록 매사는 복잡해져 가기 때문입니다. 동시에 두 가지 일을 생각하면서 작업하다 보면 주의력도 산만해지고 스트레스도 늘겠지요. 한 가지에만 집중하면 작업도 머릿속도 심플해집니다.

일을 할 때는 일에 집중하고 식사를 할 때는 식사를 진심으로 즐깁니다.

메일 체크에
시간을 들이지 않는다

중국 당나라 때, 유명한 조주 선사가 시간 사용법에 관해 말하는 일화가 있습니다. 어느 승려가 선사에게 물었습니다. "선사께서는 바쁘실 텐데 어떻게 항상 느긋하신지요?" 이에 선사는 "너희는 열두 시간에 부림을 당하지만 이 늙은 승려는 열두 시간을 부린다."라고 답했습니다. 열두 시간이란 지금으로 말하면 스물네 시간입니다.

"당신은 열두 시간이라는 시간에 부림을 당하고 있다. 나는 주체적으로 열두 시간을 다 사용하고 있기 때문에 같은 열두 시간이라도 당신의 시간과 나의 시간은 다르다." 즉, 시간에 부림을 당하는 사람은 시간에 쫓기고, 자신이 주체가 되어 시간을 부리는 사람은 시간에 쫓기지 않는다는 가르침입니다.

현대는 바쁜 세상이 되었습니다. 예전에는 편지로 주고받던 것을 메일로 주고받고 있습니다. 편지라면 상대로부터 답장이 오기까지 시간적인 여유가 있었지만 메일은 순식간에 답장이 옵니다. 중요한 용무가 아니라도 왠지 재촉당하는 듯한 기분이 듭니다.

저에게는 스팸 메일을 포함하여 하루에 50통이 넘는 메일이 옵니다. 쓱 훑어보고 필요에 따라 답장을 하는 데만 한 시간 가까이 걸리기도 합니다. 모든 메일에 그때그때 일일이 대응하면 다른 일에 지장이 생깁니다.

그래서 저는 하루에 세 번만 메일 확인을 합니다. 그리고 그 자리에서 중요도를 확인합니다. 50통의 메일 중에서 바로 답장을 필요로 하는 것은 고작 몇 통에 지나지 않습니다. 그런 몇 통의 메일만큼은 충분한 내용의 답장을 쓰고 그 외에는 미안하게 생각하지만 필요에 따라 간략하게 답장을 씁니다. 이런 식으로 메일과 관련된 시간을 줄이고 있습니다.

바쁜 현대 사회에서는 먼저 메일과 SNS에 들이는 시간을 줄여야 합니다. 그렇게만 해도 분명 마음이 가벼워질 것입니다.

시간에 부림을 당하지 않습니다. 시간을 부리는 사람이 됩니다.

모든 일을 직접 하려고
하지 않는다

어떤 일이든 자신이 직접 하지 않으면 마음이 놓이지 않는다는 사람이 있습니다. 절대 누구에게도 일을 맡기지 못하고 하나부터 열까지 직접 하려고 합니다. 때론 그것이 자신을 성장시키거나 누군가에게 도움이 되기도 하겠지만, 기본적으로는 그리 좋은 습관이 아니라고 생각합니다.

아이의 모든 것을 일일이 챙기려는 어머니가 있다고 합시다. 내일 할 일을 정리해주고 어떤 옷을 입으면 좋을지 골라줍니다. 무슨 공부를 해야 할지도 정해줍니다. 얼핏 자상한 어머니처럼 보이지만 사실은 아이가 아닌 자신을 위해 그렇게 하고 있는 듯한 인상이 듭니다. 버릇없는 아이라고 주위에서 수군댈까 봐, 이상한 차림으로 나갔다가 사람들에게 창피를 당할까 봐 그러는 건 아닐까 싶은 생각이 드는 것이지요. 거기에는 강한 자만심이 숨겨져 있습니다.

일에 있어서도 마찬가지입니다. 부하 직원이나 동료를 항상 도와주려는 사람이 있습니다. 이것저것 챙겨주거나 굳이 필요하지 않은 조언을 해줍니다. 이 역시 얼핏 보기에는 친절한 듯해도 결국 자신의 스타일이나 사고방식을 밀어붙이고 있는 게 아닐까요.

육아에 있어서나 일에 있어서나 모든 것을 자신의 힘으로 어떻게든 하려는 것은 결국 자신을 괴롭히는 일이 됩니다. 모든 것을 떠안기란 도저히 불가능하기 때문이지요. 여러 사람에게 일을 분담시켜 서로 도와가면서 부담을 덜면 됩니다.

'내가 할 일은 여기까지'라고 정합니다. 그 이상은 상대가 원하면 해줍니다. 원하지 않으면 그냥 둡니다. 육아라면 아이가 도움을 청하면 도와주고 그렇지 않으면 가만히 지켜보면 됩니다. 그렇게 하면 자신의 마음도 가벼워질뿐더러 아이의 마음도 자유로워집니다. 모든 인간은 자아를 갖고 있습니다. 자신의 스타일이나 사고방식을 누군가에게 강요해서는 안 됩니다.

부담을 나누는 것으로 서로의 마음이 가벼워집니다.

우선순위를 정해둔다

저는 요코하마에 있는 겐코지의 주지이기도 하지만, 다마미술대학에서 교편도 잡고 있습니다. '선의 정원' 디자인 의뢰는 세계 각지에서 들어오기 때문에 해외에 나가 있을 때도 상당히 많습니다. 그리고 올해 5월까지는 내각부 검토 위원으로 근무했습니다. 또한 책의 집필이나 강연 등으로 정말 아무리 시간이 많아도 부족할 상황입니다. 물론 모든 일을 다 받아들일 수는 없는지라 우선순위를 정하여 처리하고 있습니다.

우선순위라는 것은 인생의 시기에 따라 달라진다고 생각합니다. 가사와 일을 양립하고 있는 분이라면 가사를 살짝 등한시하더라도 일을 우선시해야 할 시기가 있을 테고, 일은 두 번째로 미뤄두고 육아를 제일로 생각해야 할 시기도 있습니다. 혹은 부모님의 병환 등으로 다른 일들은 다 제쳐두고 부모님 곁을 지켜야 할 때도 있습니다.

일과 육아, 가사까지 모든 것을 완벽하게 처리하려고 하면 인생은 점점 복잡해집니다. '지금은 일을 최우선으로 한다', '아이가 초등학교에 들어가기까지는 육아를 무엇보다 우선시한다'고 스스로 틀을 정해놓도록 합니다.

물론 두 번째 이후를 소홀히 하라는 말은 아닙니다. 어떻게든 최우선 사항에 집중하도록 합니다. 그리고 첫 번째 일이 끝난 다음 두 번째 일에 착수하면 됩니다. 첫 번째 일을 어설프게 끝낸 채로 두 번째 일을 하려고 하면 항상 만족스럽지 못합니다. 우선순위는 매일 바뀌어도 상관없습니다. 오늘은 일이 우선, 내일은 가정이 우선, 이러한 마음의 긴장이 생활의 리듬을 정돈해주리라고 저는 생각합니다.

또한 육아를 우선하여 일을 그만둔 분도 일과 육아를 병행하며 열심히 사는 사람과 자신을 비교하여, 자신은 너무 편하게 있다거나 혹은 뒤처지는 것 같다고 열등감을 느낄 필요는 전혀 없습니다. 무엇을 우선으로 할지는 사람마다 다르니까요.

'나는 이것을 최우선으로 한다'라고 정하면 주저하지 않고 실천합니다.

언젠가 하고 싶은 일은
오늘 시작한다

남녀노소를 막론하고 등산이 큰 인기를 끌고 있습니다. 산에 오르는 것은 자연을 접하는 것이므로 등산은 몸과 마음을 풍요롭게 하는 좋은 것이라고 생각합니다.

언젠가 한 여성 신도가 "저도 죽기 전에는 후지산 정상에 서보고 싶어요."라는 말을 하더군요. 아직 쉰 살도 되지 않은 여성입니다. 저는 "그런 생각이 있다면 한번 도전해보세요."라고 답했습니다. 그러자 그녀는 "하지만 전 등산 경험이 전혀 없어 결국 그 꿈은 이루지 못할 것 같아요."라고 말했습니다.

하고 싶은 일을 앞에 두고 멈춰 서 있습니다. 스스로 하지 못할 거라 단정 짓고 있는 사람이 많은 듯합니다.

등산 경험이 없는 사람이 갑자기 후지산 정상에 오르기는 어렵겠지요. 등산 도구도 전혀 갖추고 있지 않으니까요. 하지만 정말 원한다면 바로 작은 한 걸음을 내디뎌봅니다. 우선 후지산 정상에 서기 위한 체력을 붙입니다. 그날부터 매일 30분씩 걷기를 합니다. 몸이 단련되면 이번에는 하이킹에 나서 봅니다. 그리고 다음에는 낮은 산에 도전해봅니다. 그런 것들이 쌓이고 쌓여 마침내 후지산으로 이끌어줍니다. 첫 한 걸음을 내디디지 않으면 아무것도 시작되지 않습니다. "남극에 가고 싶다.", "다이빙을 하고 싶다."라고 말하면서 실제로는 전혀 행동으로 옮기지 않는 사람이 있습니다. 그런 사람은 아마 진심으로 그것을 바라고 있지 않아서겠지요.

"생각난 날이 길일吉日."이라는 말도 있습니다. 아무것도 시작하지 않으면 미련만 남는 인생이 되고 맙니다. 만일 후지산에 오르고 싶다는 생각을 했다면 그날 당장 행동으로 옮깁니다. 서점에 가서 등산 관련 책을 찾아봐도 좋고 내일부터 걷기 위한 신발을 사도 좋습니다. 결과적으로 후지산 정상에 이르지 못하더라도 그 과정은 즐거운 추억으로 마음에 남을 것입니다.

아무튼 한 걸음을 내디뎌봅니다.

3장

행복이란 족함을 아는 것

무심 상태가 된다

승려들의 생활은 아침 근행부터 시작하여 365일 정해진 대로 움직이고 있습니다. 저도 업무상 해외 등으로 나갈 때를 제외하고는 정해진 생활을 수십 년째 하고 있습니다.

주위 사람들로부터 "매일 아침 청소하기가 힘들겠어요.", "추운 겨울 아침에 근행도 힘들 것 같아요." 등의 말을 자주 듣곤 하지만, 이미 몸에 배인 습관인지라 저 자신에게는 그리 힘들게 느껴지지 않습니다.

수행승 시절 때도 처음에는 식사량이 적은 것을 포함하여 모든 게 힘들었지만 수행에 관해서는 저절로 몸이 익숙해져갑니다. 몸이 그 생활에 익숙해지면 힘들다느니, 괴롭다느니 하는 이런저런 생각도 들지 않습니다. 즉, 무심無心의 상태가 됩니다.

매일같이 요리를 하고 뒷정리를 하는 사람이 있다고 합시다. 요리를 하는 것은 즐거워도 뒷정리는 성가신 법인데요, 그런 성가신 일을 어떻게 매일 할 수 있을까요. 그것은 뒷정리를 할 때는 무심의 상태가 되기 때문이라고 저는 생각합니다.

특별히 순서 등을 생각하지 않아도 몸이 저절로 움직여줍니다. 사실 이런 상태는 마음까지도 산뜻하게 해줍니다.

이 상태는 좌선을 할 때의 마음가짐과도 매우 흡사합니다.

좌선을 할 때는 아무것도 생각하지 않도록 유의합니다. 즐겁다느니 힘들다느니 그런 생각조차도 하지 않고 오로지 무심을 추구합니다.

물론 좌선을 할 때도 다양한 것들이 머리에 떠오릅니다. '어제 점심이 참 맛있었는데', '그러고 보니 그 일을 하다가 말았어' 같은 생각을 무심코 하게 됩니다. 그것은 그것대로 좋습니다. 인간인 이상 전혀 아무것도 생각하지 않을 수는 없으니까요.

하지만 그 생각을 계속하는 게 아니라 어딘가로 받아넘깁니다. 그것이야말로 무심이라고 할 수 있습니다.

하루 중에 무심이 되는 시간을 가지면 당신의 마음은 산뜻해질 것입니다.

아무것도 생각하지 않고 몸이 저절로 움직이는,

그런 시간을 가지면 마음이 산뜻해집니다.

하나하나 진중하게 한다

심플하게 살아간다는 것은 다른 말로 하면 진중하게 살아가는 게 아닐까 싶습니다. 그렇다면 진중하게 살아간다는 건 어떤 것일까요. 하나하나의 일에 대해 진중하게 임하는 것이라고 생각합니다.

지금은 속도감이 빠른 시대입니다. 그 속도감을 따라가기 위해 어느샌가 매사에 초조해지기 십상입니다. 뭔가를 하면서도 마음은 다른 뭔가에 빼앗겨 있습니다. 빨리 끝내지 않으면 다음으로 나아가지 못한다고 초조해져 심신이 쫓기는 듯한 상태에 있는 사람도 많습니다.

일에 있어서나 일상에 있어서나 한 가지 일을 조잡하게 하면 그 조잡함은 점점 전염이 되어갑니다. 시작이 조잡하면 결국 마지막까지 조잡해집니다.

'끽다끽반喫茶喫飯'이라는 유명한 선어가 있습니다. 직역하면 "차를 마실 때는 차 그 자체가 되고 밥을 먹을 때는 밥 그 자체가 되라."는 말입니다. 지금 자신이 하고 있는 일에만 마음을 집중하는 것, 다음에 올 일을 생각하지 않고 지금 하고 있는 일에만 주의를 기울이는 것, 즉 하나하나의 일을 완결시키는 것이 중요하다는 가르침입니다.

당신이 일상적으로 행하는 일, 그 하나하나를 떠올려보세요. 요리를 할 때 내일 일정을 생각하면서 칼을 잡고 있지는 않나요? 다른 사람과 이야기하면서 하다 만 일을 생각하고 있지는 않나요? 눈앞의 일에 집중하지 않고 무심결에 다른 생각을 하는 경우는 종종 있습니다.

그런 습관을 조금만 재점검해보면 어떨까요. 휴식 시간에 차를 마실 때는 마음속으로 '아, 맛있다!'라고 생각하며 차를 마시는 데에만 집중해봅니다. 요리를 할 때는 오로지 요리하는 데에만 신경을 씁니다. 지금 하고 있는 일에만 집중하고 한 가지 일을 진중하게 합니다. 그것의 축적이 진중한 삶으로 이어지리라고 생각합니다.

지금 하고 있는 일에 집중합시다. 그 축적이 '진중한 삶'으로 이어집니다.

우리는 본래 아무것도
갖고 있지 않았다

지금 우리는 많은 것을 갖고 있습니다. 집과 차, 옷과 신발, 취미에 사용하는 도구와 생활에 필요한 일용품, 혹은 회사에서의 일, 지위, 급여, 저축 등 헤아릴 수 없을 만큼 많은 것들을 손에 넣고 그것들을 잃지 않으려고 분투합니다.

한번 손에 넣은 것은 놓치려 하지 않을뿐더러 여전히 부족하다고 생각합니다. 그런 날들 속에서 대체 자신의 인생은 무엇인지 생각해본 적이 있나요?

인간은 이 세상에 태어날 때 아무것도 갖지 않고 태어났습니다. 그리고 떠날 때도 아무것도 갖고 갈 수 없습니다. 이것이 진실입니다.

'본래무일물本來無一物'이라는 유명한 선어가 있습니다. "본래 하나의 물건도 없다."는 뜻으로 인간의 욕망을 경계한 말입니다.

인간은 아무것도 갖고 있지 않습니다. 하지만 단 하나 확실하게 갖고 있는 게 있습니다. 그것은 바로 '생명'입니다. 지금 우리는 다양한 것들에 둘러싸여 살아가고 있지만 극단적으로 말하면 그것들 전부를 잃어버려도 어떻게 되지는 않습니다. 생명만 있으면, 살아가기만 한다면 잃은 것은 다시 손에 넣을 수 있습니다. 이전과 똑같을 수는 없겠지만 다시 되돌릴 수 있습니다.

그것은 물건만이 아닙니다. 사회적 지위나 인간관계도 마찬가지입니다. 사업에 실패하여 일자리를 잃어버렸다고 해도, 혹은 신뢰 관계가 깨어졌다고 해도, 살아 있기만 한다면 누구나 다시 일어설 수 있습니다. '맨주먹'이란 말도 있듯이 이 맨주먹이야말로 우리 본연의 모습입니다. 그런 의미에서 인간은 항상 '맨주먹'이라고도 할 수 있습니다.

지금 손에 쥐고 있는 것은 언제 잃을지 모릅니다. 어느 날 돌연 사라져버릴지도 모릅니다. 하지만 뭔가를 잃었더라도 아무것도 갖지 않고 태어난 그것이 자신의 본래 모습이라고 생각하면 됩니다. 그리 생각하면 손에 넣은 것을 잃지 않으려고 아등바등할 필요도 없습니다. 그렇게 생각하지 않나요?

인간은 본래 아무것도 갖고 있지 않습니다.

그러니 손에 넣은 것에 집착하지 않습니다.

완벽을 추구하지 않는다

선의 세계에서는 형태가 완전한 것을 싫어합니다. 왜냐하면 완전한 것은 '끝'이기 때문입니다. 그런 연유로 완전한 것에서 아름다움을 찾지는 않습니다. 한편 불완전한 것에는 끝이 없습니다. 끝없이 계속됩니다. 그 끝이 없는 것에야말로 아름다움이 깃들어 있다고 생각합니다.

선의 수행도 끝이 없습니다. 이 정도면 수행은 끝이라는 착지점이 없습니다. 만일 생명이 끝나버린다고 해도 그 또한 수행의 끝은 아닙니다. 다른 세상으로 옮겨갈 뿐 수행은 그곳에서도 계속되리라고 생각합니다.

인생도 이와 같지 않을까요. 완벽한 사람, 완벽한 인생, 과연 그런 것이 있냐고 묻는다면 답은 "아니요!"입니다.

사람은 무심결에 완벽을 추구하려고 합니다. 물론 일을 함에 있어 완벽한 마무리가 요구되는 것은 당연합니다. 경리부 직원이 완벽한 계산을 해준 덕분에 사원들은 마음 놓고 일할 수 있습니다.

하지만 완벽이 존재하지 않는 부분도 있습니다.

이를테면 완벽한 사람 혹은 완벽한 가족입니다. 존재조차 하지 않는 완벽을 추구하다 보면 결국에는 부족한 부분에만 눈이 가게 됩니다.

'남편의 수입이 더 많으면 완벽한 부부가 될 수 있을 텐데', '아이가 일류대학에 입학한다면 완벽할 텐데', 이런 바람이 이뤄지면 정말로 완벽한 가족이 될까요. 그러면 그런대로 또 다른 부족한 부분이 눈에 띄지 않을까요.

인생이란 미완성이기에 걸어갈 가치가 있다고 생각합니다.

조금이라도 목표에 가까워지기 위해 앞으로 나아가는 노력을 합니다. 그래도 자신은 아직 멀었다고 생각합니다. 그래서 또 걸어갑니다. 그런 반복의 날들이야말로 인생이며 살아가는 기쁨이 아닐까요.

흔히 인생을 마라톤에 비유합니다. 정말 그렇습니다. 덧붙이자면 결승점이 없는 마라톤이겠지요.

인생에 결승점은 없습니다.

미완성인 매일을 계속 달리는 것이야말로 인생입니다.

지나간 일은 후회하지 않는다

불교에는 "삼세三世를 살아간다."는 말이 있습니다. '삼세'란 과거, 현재, 미래를 이릅니다. 여러분이 자주 듣는 미륵보살, 석가여래, 아미타여래란 각각 삼세를 상징하는 부처입니다.

인간은 삼세 속에 살아가고 있지만 그중에서 가장 중요한 것은 현재입니다. 그것도 '지금' 이 순간이야말로 무엇보다 중요하다는 게 선의 기본적인 가르침입니다.

우리는 숨을 쉬고 있습니다. 숨을 들이쉬고 내쉽니다. 호흡을 하는 것은 지금이지만 한번 내쉰 숨은 이미 과거의 것이 됩니다. 지금 여러분은 이 책을 읽고 있지만 여러분이 읽은 한 줄 앞 또한 과거가 됩니다. 즉, 우리는 지금이라는 한순간 속에 살아가고 있습니다. 아무리 과거를 돌아봐도 소용이 없습니다. 오지도 않은 미래에 대해 이것저것 생각해도 소용이 없습니다. 마주해야 할 것은 '지금'이라는 이 순간뿐입니다. 이것이 선의 사고방식입니다.

살아가는 한 후회의 마음은 항상 따릅니다. 큰 후회에서 작은 후회까지 전혀 후회의 마음을 갖지 않고 살아가는 사람은 없습니다. 그것은 뽑히지 않는 가시처럼 마음에 박혀 있습니다. '그때 그렇게 하지 않았더라면', '그때 그냥 내버려뒀더라면',

누구나 이런 생각을 하지만 그 생각을 전부 없앨 수는 없습니다. 전혀 후회 없는 삶을 살 수는 없지만 그 후회에 집착해서는 안 됩니다. 후회가 떠오르면 마음으로 받아넘기고 지금이라는 이 순간에 최선을 다해야 합니다.

후회의 가시를 뽑는 방법에는 두 가지가 있습니다.

하나는 과거를 진지하게 반성하여 똑같은 후회를 반복하지 않도록 하는 것입니다. 만일 누군가에게 상처를 입혔다면 입힌 상처 이상으로 그 사람에게 최선을 다합니다. 만일 새롭게 할 수 있는 일이라면 이번에야말로 후회를 남기지 않도록 노력합니다.

그리고 또 하나는 박힌 가시가 저절로 뽑히기를 기다리는 것입니다. 인생에는 시간이 해결해주는 후회도 있기 마련이니까요.

지나간 과거에 사로잡히지 않습니다. 지금을 어떻게 살아갈지를 생각합니다.

하루하루를 성심껏 살아간다

승려들은 담담한 하루하루를 보내고 있습니다.

1년 365일을 하루같이 마치 판에 박힌 듯한 생활을 하고 있습니다. 딱히 자신이 해야 할 일의 분량이 정해져 있는 것도, 누군가와 경쟁을 하는 것도 아닙니다. '그런 생활을 하면서 마음의 만족을 얻을 수 있을까?'라고 생각하는 분도 있겠지요.

마음의 만족, 그것은 하루하루를 성심껏 살아가는 데 있습니다.

매일 똑같이 정원 청소를 한다고 해도 그것은 절대 같지 않습니다. 일 년 내내 경내 청소를 하면 어떤 장소에 낙엽이 떨어지는지 저절로 알게 됩니다. 비 내린 다음 날에 어느 곳이 더럽혀져 있는지도 알게 됩니다. 그 결과, 일 년 전보다도 깨끗하게 경내를 청소할 수 있습니다. 다른 사람은 그 차이를 알 수 없을지 몰라도 자신의 눈에는 확실히 자신의 진보가 보입니다. '아, 나도 조금은 성장했구나!' 그런 느낌이 마음의 만족으로 이어집니다.

중요한 것은 열심히 하는 데 있습니다. 마음의 만족이란, 결과 등을 생각하지 않고 아무튼 매일 할 일을 열심히 하는 것에서밖에 생겨나지 않습니다.

마음의 만족은 자신의 과정 안에, 그리고 결과 안에 있지 않을까요.

열심히 노력했다고 하여 반드시 좋은 결과로 이어지지는 않습니다. 노력을 해도 실패로 끝나는 일은 얼마든지 있습니다.

하지만 열심히 노력했다는 사실은 시간이 지나면 마음에 만족으로 남게 됩니다. 만일 노력하지 않고 어쩌다 좋은 결과가 나왔다면 그 경험은 좋은 추억으로 남지 않습니다. 하물며 노력도 하지 않고 결과도 좋지 않았던 경험은 마음의 가시가 되어 훨씬 깊이 박히겠지요.

지금 매일의 생활 속에서 만족감을 느낄 만한 일이 생기지 않는다면 다시 한 번 자신에게 물어보세요. 매일매일 할 일을 열심히 하고 있는가를.

매일매일 열심히 삶에 임하는 것에서 마음의 만족이 생겨납니다.

몸을 사용한다

'냉난자지冷暖自知'라는 선어가 있습니다.

누군가가 차가운 물을 앞에 두고 "그 물은 차갑다."고 말합니다. 머리로는 '차갑다'고 이해해도 그 물이 어느 정도 차가운지는 실제로 자신의 손을 넣어보지 않으면 알 수 없습니다. 무슨 일이든 직접 경험하지 않으면 진짜로 어떤 것인지 알 수 없습니다. 이 '냉난자지'는 신체를 사용하여 경험하는 것의 중요함을 가르치는 말입니다.

인간에게는 오감이 있습니다. 시각, 청각, 후각, 미각, 촉각의 다섯 가지입니다. 선적인 생활이란 이 오감을 최대한 가동하면서 살아가는 것입니다. 더위나 추위는 물론이고 계절마다 달라지는 바람의 냄새를 느낍니다. 화초의 아름다움을 사랑하고 새의 지저귐에 귀를 기울입니다. 스스로 몸을 움직이고 경험을 축적하면서 살아갑니다. 그런 행위 끝에 깨달음이 있습니다. 선인들의 책을 읽는 것은 중요하지만 그냥 읽기만 해서는 의미가 없습니다. 거기에 자신의 경험이 더해져야 납득할 수 있기 때문이지요.

한 여성 신도로부터 "시간이 처치 곤란이에요. 아이들을 학교에 보내고 집안일을 하고 나면 할 일이 없어요. 행복하다는 생각은 들지만 살아간다는 실감이 나지 않아요."라는 상담을 받은 적이 있습니다. 이런 상황에 빠져 있는 사람이 많으리라 생각합니다.

저는 "일주일에 한 번이라도 좋으니 방에 걸레질을 해보세요. 한겨울에 걸레를 짜면 차갑겠지만 어떻게든 그런 습관을 들여보세요."라고 조언했습니다. 청소기나 밀대를 사용하지 않고 일부러 걸레를 빨고 짜서 닦는 청소를 합니다. 승려들은, 특히 수행승들은 평소 이렇게 하고 있습니다. 생활 속에서 자신의 몸을 움직이는 습관을 들이는 것이지요.

그로부터 반년 후, 그 여성은 아주 발랄한 모습으로 찾아왔습니다. 그리고 "걸레질을 하고 나면 기분이 좋아져 지금은 일주일에 세 번이나 하고 있어요."라고 말했습니다.

모든 사람에게는 '몸을 사용하는 기쁨을 느낄 수 있는 감정'이 있습니다.

일부러 몸을 사용해봐야 느낄 수 있는 것도 있습니다.

행복이란 족함을 아는 것

'지족知足'이라는 말이 있습니다.

"족함을 알다."라는 의미로, 지금 자신이 가진 것에 만족하고 그 이상의 것을 쓸데없이 욕심내지 않는 마음이 인생을 풍요롭게 해준다는 가르침입니다. 이 말이야말로 심플하게 살아가기 위해 가장 중요한 말이 아닐까요.

한 가지 우화를 소개하겠습니다.

어느 마을에 소를 키우는 남자가 두 명 있었습니다. 한 남자는 99마리의 소를 키우며 부유한 생활을 하고 있었지만 여전히 만족하지 않았습니다. '어떻게든 99마리의 소를 100마리로 늘리자!' 100마리의 소를 키우는 것이 그의 목표이자 욕망이었습니다.

다른 한 남자는 세 마리의 소밖에 키우지 않고 있었습니다. 세 마리밖에 없어 생활이 그리 풍족하지 못했지만 그는 충분히 만족하는 생활을 보내고 있었습니다. 많은 소를 키우면 더 풍족한 생활을 할 수 있다는 것은 알지만 지금보다 많은 소는 자신에게 필요하지 않다고 생각했기 때문이지요.

어느 날 99마리의 소를 가진 남자가 소가 세 마리밖에 없는 남자를 찾아왔습니다. 그러고는 자신의 생활이 곤란하니 소를 나눠달라고 했습니다. 부탁받은 남자는 "당신이 그렇게 곤란하다면 드리지요." 하고 흔쾌히 소 한 마리를 양보했습니다. 그는 생활이 더 힘들게 되었지만 친구를 도와줄 수 있어 다행이라고 만족했습니다.

한편 100마리의 소를 가진 남자는 새로운 욕심이 싹트기 시작했습니다. '보란 듯이 100마리를 채웠으니 이제 101마리로 늘려볼까'라고 말입니다. 이 남자는 101마리가 되면 105마리를 채우기 위해 고민하고 괴로워하겠지요.

이 두 남자 중 어느 쪽이 행복할까요. 족함을 안다는 말은 이럴 때 사용합니다.

행복은 갖고 있는 것의 수로 결정되는 것이 아닙니다.

한 걸음 물러선다

잡지나 상품의 선전 문구를 보고 있노라면 '한 단계 위'라는 표현이 자주 눈에 들어옵니다. 남보다 조금 수입이 많다, 남보다 조금 좋은 물건을 갖고 있다, 그런 의미일까요.

일에서도 남보다 한 걸음 앞서가고 싶어 하는 사람이 많습니다. 동료보다 한 걸음 앞서가고 싶고 주위 사람보다 조금이라도 빨리 인정받고 싶은 생각이 향상심으로 이어진다면 좋겠지만 단순히 결과만을 추구하고 있는 사람이 많은 듯합니다.

그렇게 되면 일의 본래 의미가 퇴색합니다. 결과만을 추구하면 일이 조잡해져 신뢰나 팀워크 같은 중요한 것에 소홀해질지도 모릅니다. 그것보다는 주어진 일을 열심히 해나가면 저절로 남보다 앞서갈 수 있지 않을까요.

한 걸음 앞서간다는 발상에서 한 걸음 물러선다는 발상으로 전환해보면 어떨까요. '한 단계 위'로 가려고 무리하게 서두르기보다는 먼저 자신의 현 상황을 직시합니다. 만일 현 상황이 누구보다 한 단계 아래라고 한들 뭐 어떤가요. 중요한 것은 무리하지 않고 자신의 길을 걷는 것입니다.

《채근담菜根譚; 중국 명나라 말기에 문인 홍자성이 쓴 책》에는 "한 걸음 물러서는 것이 곧 한 걸음 나아가는 바탕이다."라는 말이 있습니다. 맹렬히 앞으로 나아가는 것만 생각하지 않고, 남보다 앞서려고만 하지 않고, 그저 자신이 해야 할 일을 빈틈없이 해나갑니다. 평온한 마음으로 살아가고 싶다면 한 걸음 물러설 줄도 알아야 합니다. 즉, 한 걸음 물러서는 것은 한 걸음 나아가기 위한 복선이 된다는 가르침입니다.

　누구보다 앞으로 위로 오르려고 아등바등하는 사람이 그 소용돌이에 휘말리면 끝내 자신을 잃게 됩니다. "내가, 내가." 하며 앞으로만 나아가려는 사람보다 한 걸음 물러서서 바라볼 줄 아는 마음의 여유를 가진 사람이 아름답지 않은가요.

위로 오르는 것, 앞으로 나아가는 것만 생각하지 않습니다.

무리하지 않고 그저 자신이 해야 할 일을 빈틈없이 해나갑니다.

이해득실로 매사를
생각하지 않는다

'의식意識'이라는 말이 있습니다. 선에서는 이 말을 다음과 같이 해석합니다.

누군가와 만났을 때 그 사람의 인상이 마음속에 떠오릅니다. '느낌이 좋다', '나와 잘 맞을 것 같다'라는 이른바 직감 같은 것이지요. 이것이 '의식'의 '의意' 부분입니다.

하지만 그다음에는 '이 사람과 사귀면 나에게 이득이 될까', '이 사람과 있어봤자 득 될 게 하나도 없어'라는 생각이 고개를 내밉니다. 즉, 상대를 식별하게 됩니다. 이것이 '의식'의 '식識' 부분입니다. 이 '식' 안에 담겨 있는 것이 이해득실이라는 감정입니다.

일에 있어서도 마찬가지입니다. 진심으로 그 일을 맡고 싶고 보람된 일이라고 생각하지만, 이윽고 '이 일을 하면 제대로 평가를 받을 수 없을지도 몰라', '힘든 일이니까 결과가 나쁘면 그만큼 손해가 될 거야'라고 이해득실을 따지게 됩니다. 그 결과 '식'이 우선하여 하고 싶다고 생각한 일을 포기하게 됩니다. 이는 마음을 속이는 것입니다.

살아가다 보면 분명 누구나 이해득실의 감정으로 매사를 판단하는 일이 있기 마련입니다. 가능하면 손해를 보고 싶지 않은 것도 인지상정입니다. 그러나 이해득실만 따지면서 살아가면 자신의 진짜 마음이 보이지 않게 됩니다. '나는 대체 무엇을 하고 싶은 것일까?', '나는 어떤 사람과 사귀고 싶은 것일까?' 하는 것조차 알지 못하게 됩니다. 그것은 자신이 주체가 된 인생이 아니라 타인이나 일에 휘둘리고 있는 인생입니다.

그보다는 자신이 좋다면 사귀면 됩니다. 하고 싶다면 해보면 됩니다. 이해득실이나 결과만을 생각하지 않고 먼저 자신의 '의'에 따라봅니다. 자신의 인생인 만큼 자신의 뜻대로 살아가는 것입니다. '뜻대로 살아간다'는 것은 멋대로 살아가는 것이 아닙니다. '뜻대로 살아간다'는 것은 자신의 마음과 솔직하게 마주하는 것이라고 생각합니다.

'나는 무엇을 하고 싶은가?'를 최우선으로 생각해도 좋습니다.

매사에 정답을 구하지 않는다

'행복이란 무엇일까?', '나에게 있어 일이란 무엇일까?', '부부란 무엇일까?', '육아의 정답은 어디에 있을까?' 그리고 '살아간다는 것은 무엇일까?' 문득 이런 물음이 떠오를 때가 있습니다. 질문을 떠올린 이상 답을 찾고자 하는 것이 인간입니다. 그래서 자문자답을 반복하거나 타인의 생각을 들으면서 열심히 답을 찾으려고 합니다. 고생 끝에 정답에 이르면 좋겠지만, 아마 정답에 이르는 사람은 한 사람도 없을 것입니다.

왜냐하면 그런 물음에 대한 답은 사람마다 다 다르기 때문이지요. '행복이란 무엇일까?' 그 물음에 대한 답을 100인에게 물으면 100가지 답이 돌아옵니다. 그리고 그 답은 각각 정답인 동시에 정답이 아니기도 합니다. 이것이 정답이라는 명확한 답은 이 세상에 존재하지 않을지도 모릅니다. 과학의 세계에서조차 100퍼센트라는 것은 있을 수 없습니다.

선문답이라는 말이 있습니다. 스승이 제자들에게 다양한 질문을 하고 제자들은 그 질문에 열심이 답하려고 합니다. 이를테면 스승이 "고양이에게는 불심이 있느냐, 없느냐?"라는 질문을 합니다. 그럼 제자들은 고양이에게 불심이 있는지 없는지 계속 열심히 생각을 합니다. 그리고 그 질문에 대한 답은 '있다고 말해도 틀리고 없다고 말해도 틀린 것'이 됩니다. 전혀 의미를 알 수 없는 문답이지만, 이것이야말로 선의 중심을 나타내는 것이라 할 수 있습니다.

스승이 전하고 싶은 것은 무엇이었을까요. 그것은 "이 세상의 모든 것은 변화하고 있다. 항상 존재하고 있는 것은 어디에도 없다."는 것입니다. 고양이에게 불심이 있다고 말하는 게 정답일 때도, 불심이 없다고 말하는 게 정답일 때도 있습니다. 세상의 모든 것은 늘 변화하고 있습니다. 이것이 불교에서 말하는 '무상관無常觀'이라는 것입니다.

'나에게 있어 행복이란 무엇인가?' 분명 그 답은 날마다 변해갑니다. 어제까지는 행복이라고 느꼈던 일이 오늘이 되면 불행의 씨앗으로 생각되기도 합니다. 그 어느 쪽이든 당신에게 있어서는 정답입니다. 일시적인 정답에 얽매이지 않는 것이 중요합니다. 그 정답은 항상 변한다는 것을 잊지 말아주세요.

매사에 정확한 정답은 없습니다. 이 세상은 항상 변해가기 때문입니다.

당연한 것을 당연하게 한다

한 마을에 많은 논이 줄지어 있습니다. 논의 환경은 엇비슷합니다. 볕이 드는 정도나 수로의 흐름도 모두 같습니다. 그래도 쌀을 많이 수확하는 논과 수확량이 적은 논이 나옵니다. 혹은 같은 토지에서 쌀을 재배해도 월등히 맛있는 쌀을 재배하는 사람이 있습니다. 이 차이는 대체 왜 생기는 것일까요.

그 차이는 단 하나, 맛있는 쌀을 재배하려고 얼마나 열심히 노력하느냐에 있다고 생각합니다. 모심기가 시작되기 전부터 흙에 정성을 쏟습니다. 어떤 퇴비를 사용하면 좋을지 모색하면서 보다 좋은 토양을 만들려고 애씁니다. 이것이야말로 농가로서 당연히 해야 할 일입니다. 이 당연한 일을 열심히 하고 있는지 아니면 소홀히 하고 있는지 그 차이가 모두 쌀에 나타나기 때문이지요.

우리는 무심결에 당연한 일을 소홀히 하기 쉽습니다. 당연한 일이란 기본적인 일입니다. 기본적인 일은 꾸준히 착실하게 해야 합니다. 바로 큰 성과를 낳지는 않습니다. 그래서 사람들은 뭔가 특별한 방법은 없는지 생각하게 됩니다. 매사를 착실히 해나가는 게 아니라 단번에 멋진 성과를 낳는 방법은 없는지 고민합니다. 하지만 실제로 그런 일은 없습니다.

미디어에서는 "나는 이런 방식으로 성공했다."고 하는 성공한 사람들의 특별한 방식을 소개하고 있지만 그것을 그냥 그대로 받아들여서는 안 됩니다. 성공한 사람들이 특별한 방법을 찾을 수 있었던 것은 그때까지 착실히 노력을 쌓아왔기 때문입니다. 당연한 일을 꾸준히 해온 결과 자기 나름의 방법을 찾을 수 있었던 것입니다. 그 착실한 노력에 눈을 돌려야만 합니다.

일에서도 일상생활에서도 당연한 것을 당연하게 여기는 마음가짐을 중시합니다. 인생의 여정에 지름길은 존재하지 않습니다. 어떤 여정이라도 착실하게 걸어가야 성공으로 이어질 수 있습니다. 그 점을 잊지 말아주세요.

노력하면 노력한 만큼의 열매로 이어집니다.

그런 '당연한 일'을 잊지 않도록 합니다.

지나치게 재미를 추구하지 않는다

"뭔가 재미있는 일은 없을까?", "아, 따분해!"라는 말을 달고 사는 사람이 있습니다. 이는 스스로 불만을 낳고 있는 것이나 다름없습니다. 스스로 자신의 인생을 따분하게 만들고 있는 것입니다.

일상의 삶은 아주 담담합니다. 매일 같은 일의 연속으로 즐거운 일이나 자극적인 일은 그리 많지 않습니다. 뭔가 특별하고 좋은 날을 '봄날' 같다고들 하지요.

하지만 그런 봄날이 매일같이 있을 리는 만무합니다. 만일 그런 봄날이 계속되면 더 이상 즐거움은 사라집니다. 일 년에 한 번 가는 가족여행이니 즐겁지 한 달에 한 번이라면 분명 즐거움은 급격히 줄어들겠지요. 그런 의미에서 인생의 90퍼센트 이상은 담담한 일상이고 자극적인 것은 고작 몇 퍼센트에 지나지 않습니다.

그렇기 때문에 일상의 담담한 삶 속에서 행복을 발견할 수 있습니다. 하루 일과를 끝내고 한숨 돌립니다. 맛있는 차를 끓여 혼자 천천히 음미하는 이 순간이야말로 정말 행복하고 평온한 한때입니다.

인간은 자극적인 것에 마음이 끌리기 마련입니다. 여느 때와 다른 자극을 느끼면 마음에는 고양감이 생겨납니다. 그러면 더 큰 고양감을 찾게 됩니다. 자극적인 것에 대한 욕구가 점점 부풀어져 약간의 자극으로는 만족할 수 없게 됩니다. 이윽고 무엇을 해도 즐겁다는 생각이 들지 않게 됩니다.

불필요한 자극을 추구하지 않고 일상의 작은 행복을 느낄 수 있는 감성을 닦습니다. '아무것도 아닌 날'은 절대 없습니다. 친구와 수다를 떨며 즐거웠던 일, 일을 하며 기뻤던 일, 살아 있는 한 하루 중에는 많은 일들이 일어납니다. 그 작은 일들을 즐겨봅니다. 차를 한 잔 마셔도 맛이 어제와 오늘은 다른 법이니까요.

지나치게 자극을 추구하면 자극에 대한 내성이 생겨납니다.

작은 행복, 작은 변화를 놓치지 않는 감성을 닦아야 합니다.

욕망에 마음을
사로잡히지 않도록 한다

막연히 호화로운 생활을 동경하는 사람이 많습니다. 하지만 호화로운 삶이란 대체 어떤 것일까요. 매일같이 고급 요리를 먹는 것일까요. 원하는 것을 원하는 만큼 살 수 있는 게 호화로운 삶일까요. 만일 그런 상황이 된다면 인간은 행복해질 수 있을까요.

분명 한때의 호화로움은 한때 행복감을 맛보게 합니다. 그러나 한 번 맛본 호화로움의 기쁨이 한없이 부풀어 마침내 끝없는 욕망으로 이어질 위험성도 배제할 수 없습니다.

석가의 마지막 설법을 제자들이 정리한《유교경》이라는 책이 있습니다.《유교경》에 이런 말이 나옵니다.

"욕심이 많은 자는 이익을 얻으려 하므로 그만큼 고뇌도 많고, 욕심이 적은 자는 추구하지도 욕심 부리지도 않으므로 그런 데에서 오는 근심은 없느니라."

욕심이 많은 사람은 항상 호화로움을 추구합니다. 하지만 그런 욕망이 전부 이뤄질 리는 없습니다. 이뤄지지 않은 욕망을 앞에 두고 항상 고뇌에 찬 날들을 보내게 됩니다. 더 호화로워지고 싶어 끝없이 욕망을 좇습니다. 한편 욕심이 적은 사람은 필요 이상의 것을 추구하지 않습니다. 만족할 줄 아는 사람은 매일 삶의 고뇌를 안고 있을 일이 없습니다.

또한 석가는 다음과 같이 말을 이었습니다.

"만족할 줄 아는 자는 비록 맨땅 위에 누워 있어도 오히려 안락할 것이요. 만족할 줄 모르는 자는 비록 천당에 살더라도 마음이 흡족하지 않을 것이다. 만족할 줄 모르는 자는 비록 부자라 할지라도 가난하며, 만족할 줄 아는 자는 가난하더라도 이미 부자이니라."

욕심이 적은 사람은 아무리 초가삼간에 살아도 평온한 마음으로 있을 수 있습니다. 한편 욕심이 큰 사람은 대궐 같은 집에 살아도 더 큰 집에 살고 싶어 불만을 갖습니다. 욕망에 사로잡혀 있는 사람은 설령 부유한 생활을 하고 있더라도 마음은 가난한 법입니다.

약간의 사치를 바라는 것은 괜찮습니다. 단, 자신에게 있어 사치란 무엇인가, 자신의 마음을 풍요롭게 하는 사치는 무엇인가, 그런 것들을 잊지 않았으면 합니다.

욕심이 많으면 고뇌의 날들은 계속됩니다.

만족할 줄 아는 사람은 평온한 마음을 가질 수 있습니다.

어쩔 수 없는 고민에
집착하지 않는다

우리는 살아가는 한 많은 고민을 안게 됩니다. 큰 고민에서 작은 고민까지 수행을 쌓은 승려일지라도 전혀 고민이 없지는 않습니다. "고민은 당신 혼자만 하는 것이 아니다." 이 말이 하나의 답일지도 모릅니다.

그럼, 이 고민을 풀기 위해서는 어떻게 해야 할까요. 먼저 고민을 '분류'해야 합니다.

저는 고민에는 크게 세 가지가 있다고 봅니다.

첫 번째 고민은 자신의 욕망이나 허세 등으로 생기는 것입니다. 갖고 싶은 게 있는데 살 돈이 없다거나 휴일인데 놀 거리가 없다거나 하는 게 그 예입니다. 만일 그런 것으로 고민하고 있다면 인생을 헛되이 하고 있는 것이나 다름없습니다. 이 같은 고민은 전혀 필요도 가치도 없으니 버려버리면 그만입니다.

두 번째 고민은 자신의 노력으로 해결할 수 있는 것입니다. 컴퓨터가 서툴러 일 진행이 더딘 경우처럼 구체적인 고민이라면 컴퓨터 학원에 다니는 등 자신의 노력으로 없앨 수 있습니다.

마지막으로 세 번째 고민은 자신의 힘이나 노력으로는 어쩔 수 없는 것입니다. 저 사람은 나를 좋아하지 않는 것 같다, 큰 병에 걸릴지도 모른다, 지금 다니고 있는 회사에서 잘릴 것 같다, 이런 고민은 스스로 어떻게 할 수 없습니다. 그런 까닭에 깊고 큰 고민으로서 마음을 덮쳐옵니다.

하지만 그런 어쩔 수 없는 고민에만 집착하고 있으면 결국 마음이 피폐해집니다. 그렇게 되지 않으려면 자연의 흐름에 맡기는 수밖에 없습니다. 인간의 힘으로 봄을 불러들일 수는 없습니다. 또한 계절이나 자연에 역행할 수도 없습니다. 그렇다면 그 자연의 흐름에 맡겨버립니다. 우리 인간에게는 보이지 않는 큰 힘, 그런 큰 힘이 있음을 깨닫는다면 그 고민도 언젠가는 분명히 엷어지리라 믿습니다.

고민해도 어쩔 수 없는 것은 자연의 흐름에 맡겨봅니다.

마음에 불필요한 것을
담아두지 않는다

일상생활에서는 다양한 쓰레기가 나옵니다. 이는 어쩔 수 없는 일입니다.

부지런히 쓰레기를 치우면 집 안의 휴지통은 항상 깨끗한 상태로 유지됩니다. 하지만 한 번 깜빡하고 치우지 않으면 순식간에 쓰레기가 쌓이게 됩니다. 만일 보름 정도 쓰레기를 치우지 못했다면 이제 손을 쓸 수 없을 만큼 쓰레기가 쌓이게 됩니다. 그렇게 쓰레기 더미가 되는 것은 눈 깜짝할 새입니다.

사실은 쓰레기 이야기를 하려는 게 아닙니다. 마음에 쌓인 걱정거리나 속속 고개를 내미는 문제도 이와 같다는 것입니다. 소소한 마음의 쓰레기는 매일 치웁니다. 인간관계에서 '그런 말은 하지 않았으면 좋았을 텐데…'라고 후회하게 되는 일이 있습니다. 크게 후회할 일은 아니지만 약간 신경이 쓰입니다. 이 또한 마음의 쓰레기 같은 것입니다.

그럴 때는 시간을 끌지 않고 바로 사과합니다. 가능하면 다음 날 바로 "어제는 말이 조금 지나쳤어요. 미안합니다."라고 말합니다. 회사 동료든 친구든 가족이든 마찬가지입니다. 가족이니까 사과하지 않아도 마음을 알아줄 거라는 생각은 큰 착각입니다. 가까운 가족이기에 오히려 조금이라도 마음의 쓰레기를 쌓아둬서는 안 됩니다.

'다음 기회에'라고 미루는 중에 마음에는 점점 쓰레기가 쌓여갑니다. 쌓인 쓰레기가 악취를 풍기듯이 마음의 쓰레기도 썩어갑니다. 그 쓰레기가 썩었을 때 "그땐 제가 잘못했어요."라고 말해봤자 상대의 마음에는 이르지 못합니다.

'부부 관계가 원만하지 않다', '친구와의 사이가 틀어졌다'와 같은 마음의 쓰레기를 안고 고민하는 사람도 있습니다. 하지만 그 마음의 큰 쓰레기는 처음부터 그렇게 크지는 않았겠지요. 처음에는 작았을 것입니다. 그것을 버리지 않은 채 기간이 경과해버렸기에 커져버린 것입니다. 가정에서의 쓰레기와 마찬가지로 조금씩이라면 간단하게 버릴 수 있습니다.

마음의 쓰레기는 항상 산뜻하게 치우는 것이 편안합니다.

쓰레기는 바로 치웁니다. 미루면 손을 쓸 수 없게 됩니다.

꿈을 버리지 않는다

'나도 훗날 저렇게 되었으면 좋겠다.'

'나도 언젠가는 저런 일을 하고 싶다.'

많은 사람들이 그런 막연한 꿈이나 희망을 갖습니다. 그중에는 자신의 꿈을 이룬 사람이 있는가 하면 언젠가부터 꿈에서 점점 멀어지고 있는 사람도 있습니다. 그 차이는 어디에 있는 것일까요.

꿈에 다가가고 있는 사람은 자신이 하고 싶은 일을 명확히 인식하고 있습니다. 그리고 그 꿈을 향해 한 걸음씩 나아가고 있습니다. 한편 꿈에서 멀어지는 사람은 자신의 미래상이 아주 모호합니다. '아무튼 되고 싶다', '가능하면 꿈이 이뤄졌으면 좋겠다'는 생각만 하고 멈춰 서서 동경하는 세계를 바라만 봅니다.

현실은 냉혹합니다. 아무리 꿈을 갖고 노력해도 그 꿈에 이르는 사람 쪽이 압도적으로 적습니다. 그렇다고 포기해버리면 그 시점에서 가능성은 제로가 되고 맙니다.

가수가 꿈인 사람이 있다고 합시다. 그 꿈을 이룰 수 있는 사람은 극소수이겠지만 진심으로 가수가 되고 싶은 꿈이 있다면 어떻게든 음악과 관련한 업종에 몸을 둡니다.

가수가 아니라 음반 회사라도 괜찮습니다. 악기상이라도 좋습니다. 혹은 가수의 매니저는 어떤가요. 자신이 품은 꿈의 주변에 머무는 것입니다. 자신이 품은 꿈의 주변, 그곳에는 자신이 하고 싶은 일이 많이 떨어져 있을지도 모릅니다. 어쩌면 가수보다 매니저 쪽이 자신의 적성에 더 맞음을 깨달을 수도 있고, 음악을 만드는 쪽에서 더 빛이 날지도 모릅니다. 그렇게 꿈 주변에 있음으로써 새로운 꿈을 만날 수 있습니다.

'사실 나는 이런 일이 하고 싶었어!'라고 과거를 돌아보는 사람이 있는데, 그런 사람은 분명 진심으로 그 일에 종사할 마음이 없었다고 생각합니다. 만일 진심으로 그 일을 꿈꿨다면 그 사람은 꿈꾸던 일 주변을 걷고 있었을 테니까요. 그리고 그곳에서 새로운 꿈을 만났을 것입니다.

꿈을 이룬다는 보장은 없습니다. 하지만 꿈 주변에 다가갈 수는 있습니다.

매사를 흑백으로 가리지 않는다

우리는 항상 매사를 어느 쪽이든 한쪽으로 단정 짓기 쉽습니다. 선한지 악한지, 옳은지 그른지, 좋은지 싫은지, 하는 게 나은지 하지 않는 게 나은지, 어느 쪽이든 한쪽으로 정하는 것이 얼핏 보기에는 단순해보이기도 합니다.

하지만 어느 쪽이든 한쪽으로만 단정 지으면 선택한 쪽으로 집착하게 됩니다. '이것은 좋은 것'이라고 단정하면 그 이외의 것은 전부 나쁜 게 되어버립니다. 'A가 옳으니 B는 그르다'고 단정 짓습니다. 극단적으로 말하면 그런 위험을 안고 있습니다.

아오모리 현의 사과 농가에서 있었던 유명한 일화를 소개해보겠습니다. 어느 해, 아오모리 현에 큰 태풍이 덮쳐 애써 열매를 맺은 사과가 대부분 나무에서 떨어지고 말았습니다. 나무에서 떨어진 사과는 더 이상 출하할 수 없어 대부분의 농가는 올해 출하는 힘들겠다며 포기하고 있었습니다. 머릿속에는 '순조롭게 출하할 수 있을까, 아니면 태풍 때문에 출하할 수 없을까?' 이 두 가지 생각밖에 없었던 것이지요.

그때 한 남성만은 그런 양자택일의 사고방식을 갖지 않았습니다. 더 이상 출하할 수 없다고 단정 짓지 않았던 것입니다. 아무리 태풍의 피해가 있다고 해도 모든 사과가 떨어져버린 것은 아닙니다. 개중에는 여물어 가지에 매달려 있는 사과도 있었습니다. 그 사과를 바라보면서 그의 머리가 번뜩였습니다. '그래, 태풍에도 지지 않고 떨어지지 않은 사과를 절대 떨어지지 않는 사과로 팔아보자!'라고 말입니다. 이 아이디어는 큰 히트를 쳤습니다. 수험생 사이에 '떨어지지 않는 사과'라는 입소문을 타면서 전국 각지에서 주문이 쇄도했습니다. 이 남성의 아이디어에 많은 사과 농가가 도움을 받았습니다.

'힘들겠다'라고 단정 지으면 거기에서 앞으로 나아갈 수 없습니다. 주위에서 예기치 않은 나쁜 일이 일어났다고 해도 거기에서 인생이 끝나지는 않습니다. 전화위복이라는 말도 있습니다. 나쁜 일이 일어난 것을 계기로 더 인생이 좋아질 수도 있습니다.

매사를 '좋다, 나쁘다'로 간단하게 단정 짓지 않도록 합니다.

'좋다, 나쁘다'로 단정 지어 가능성을 묻어버리지 않도록 합니다.

여기가 아닌 어딘가를
찾지 않는다

'여기는 내가 있어야 할 곳이 아니다', '내가 더 빛날 수 있는 곳이 있을 것이다'라고 현실에 불만을 품고 있는 사람이 있습니다.

일을 하면서도 '내가 원래 하고 싶었던 일과는 다르다', '내가 원하는 부서에 보내주면 더 능력을 발휘할 수 있을 텐데'라고 생각합니다. 혹은 아이가 태어나 일에서 영영 멀어지는 듯한 느낌이 들 때, '남편이 육아에 조금만 더 시간을 할애해주면 일을 계속할 수 있을 텐데', '가사와 육아로 하루가 지나는 건 너무 허무해'라고 불평합니다.

어딘가에 자신이 그리는 이상형이 있습니다. 거기에만 이르면 더 행복한 인생이 되리라고 생각합니다. 하지만 그런 세계를 그린다는 것은 지금이라는 소중한 시간을 소홀히 하고 있다는 게 아닐까요.

'인간도처유청산人間到處有靑山'이라는 선어가 있습니다. 사람의 발 닿는 곳 어디에나 청산이 있다는 말인데, 여기서 '청산'은 자신의 묘지를 의미합니다. 즉, 뼈를 묻을 곳을 뜻하지만 더 깊이 들어가면 그 사람이 가장 만족할 수 있고 행복을 느낄 수 있는 '이상향'이라고도 할 수 있습니다. 인간은 예로부터 이 '청산'을 찾아다녔다고 합니다.

그렇다면 이 청산은 어디에 있을까요. 그 답을 나타낸 것이 바로 '인간도처유청산'입니다.

우리가 생각하는 이상의 장소, 그곳은 사실 발 닿는 곳마다 있습니다.

지금 있는 곳이야말로 당신의 청산이며, 또한 장소가 바뀌었다고 해도 그곳은 다시 청산이 됩니다. 중요한 것은 자신이 지금 있는 곳에서 얼마나 열심히 살아가느냐입니다.

지금 주어진 역할에 진지하게 임하는 것, 그 장소에서 열심히 살아가는 것. 그 장소는 앞으로 영원할 수도 어쩌면 바뀔 수도 있습니다. 그래도 그런 생각은 접어두고 오르지 지금이라는 이 순간을 살아갑니다. '여기가 아니면 어딜까?' 그 장소는 바로 자신의 마음속에 있습니다.

이상향은 당신이 지금 있는 장소일지도 모릅니다.

정보를 그냥 그대로
받아들이지 않는다

TV와 잡지, 인터넷 등을 통하여 매일 대량의 정보가 들어옵니다.

이를테면 '행복한 가족상'의 정보가 흘러듭니다. 어머니는 가사를 완벽하게 처리하고 항상 쾌활하며 가족을 위해 정성껏 요리를 해줍니다. 자상한 아버지는 휴일에 가족을 데리고 외식을 하고 드라이브를 합니다. 그러나 현실에 그런 가족이 얼마나 있을까요.

"장수 사회가 되어 건강한 노인이 늘고 있다."며 TV에서는 정정한 모습으로 운동을 하는 노인을 비춰줍니다. 하지만 밖에서 운동을 즐기는 노인은 건강한 사람들이며, 병으로 고생하는 노인은 밖으로 나올 수 없습니다. 건강한 노인만 집중적으로 비춰주고 그렇지 않은 노인의 정보는 흘리지 않습니다. 정보의 위험성은 거기에 있습니다.

또한 육아에 관해서는 평균치라는 수치가 정보로 흐릅니다. 5세 아이의 평균 신장은 몇 센티미터, 평균 체중은 몇 킬로그램, 평균 이 정도의 말을 할 수 있고, 달리기 평균은 이 정도, 평균적인 운동 능력이 있는 아이의 철봉 오래 매달리기는 몇 초. 이런 평균치에 모두 부합되는 5세 아이는 사실 한 명도 없습니다.

'수급불류월水急不流月'이라는 선어가 있습니다. "물이 아무리 급히 흘러가도 물에 비친 달그림자는 흘러가지 않는다."는 말입니다.

물의 흐름은 사회에서 일어나는 다양한 일이나 범람하는 정보에 비유할 수 있습니다. 그리고 달그림자는 자신의 마음을 나타냅니다. 세상의 흐름이 어떠하든 타인이 어떤 가치관을 주장하든 그것에 흘러가지 않도록 합니다. 물론 유익한 정보도 있습니다. 하지만 사람에 따라서는 그 정보가 유익할 수도 그렇지 않을 수도 있습니다. 자신에게 꼭 필요한 정보만을 선별하는 눈을 키우는 것이 무엇보다 중요합니다. 모든 정보를 그냥 그대로 받아들이지 않도록 합니다.

정보가 범람하는 현대이기에 그 정보를 선별하는 눈을 키워야만 합니다.

자신에게 없는 것을
추구하지 않는다

자신을 바꾸고 싶다는 사람이 의외로 많습니다. 구체적으로 '나의 이런 면을 바꾸고 싶다'고 바라는 사람이 있는 반면, 그저 막연히 바꾸고 싶다는 사람도 있습니다. 이런 마음은 많든 적든 누구나 갖고 있습니다.

하지만 사람에게는 바꿀 수 있는 부분과 바꿀 수 없는 부분이 있습니다.

이를테면 타고난 신체는 바꿀 수 없습니다. 작은 신체로 태어난 사람이 씨름 선수가 되려고 한다면 곤란하겠지요. 또 누구나 미인 대회에 나갈 수 있는 것은 아닙니다. 이는 받아들일 수밖에 없습니다.

'키가 조금만 더 컸더라면 정말 멋진 인생을 보낼 수 있을 텐데', '부모님이 좀 더 예쁘게 낳아줬더라면 훨씬 좋았을 텐데'와 같이 바꿀 수 없는 것에 대해 불만을 품고 살아가는 사람이 있다면 정말 안타깝습니다. 그런 사람은 설령 원하는 대로 태어났더라도 외모에 대한 불만을 가졌을 거라고 생각합니다.

미인 대회에 나가기 위한 요소를 갖고 있지 않다면 무리해서 자신을 바꾸려고 하기보다는 자신의 장점을 찾아가도록 합니다. 당신 자신의 자질과 정면으로 마주합니다. 그러면 단점이라 생각했던 것도 장점으로 보이게 됩니다. 미스 유니버스도 씨름 선수도 될 수 없음을 인지하고 자신과 마주하여 살아가면 됩니다.

한편 자신의 자세나 마음가짐은 스스로 바꿀 수 있습니다. 몸집이 크지 않아도 일에서 능력을 발휘하여 주위의 존경을 받는 사람이 되는 것은 불가능하지 않습니다. 미인이 아니라도 쾌활한 표정으로 주위의 마음을 사로잡을 수 있습니다.

자신의 마음에 진지하게 물어보세요. '정말 나는 바뀌어야만 하는가?'라고 말입니다. 바뀌는 것이 선한 것이라고 단정할 수는 없습니다. 당신의 자질과 마주하여 당신이 할 수 있는 일을 열심히 하면 당신의 장점은 저절로 주위로 전해질 것입니다.

미인이 아닌 사람이 미인이 되려고 애쓸 필요는 없습니다.

있는 그대로 자신의 장점을 닦으면 됩니다.

주저함이 들 때는
부모님을 만나러 간다

매일 삶에 쫓기다 보면 때론 자신을 잃어버리기도 합니다.

무언가를 곰곰이 생각할 여유도 없이 그저 눈앞의 일에 휘둘리는 날들, 문득 멈춰 서면 거기에는 이런저런 주저함이 가득합니다.

'이게 정말 내가 하고 싶은 일일까?', '인생의 선택이 틀리지는 않았을까?' 이런 생각을 하기 시작하면 계속해서 주저하게 됩니다. 모두 명확한 답이 없는 것들뿐입니다. 그런 괴로움을 안은 채 살아가면 언젠가는 마음이 약해집니다.

만일 주저함으로 마음에 깊은 고민이 생겼다면 부모님을 만나러 가보세요. 많은 사람이 부모님의 곁을 떠나 도시에서 살아가는 시대입니다. 그곳에는 많은 사람이 있지만 마음을 터놓을 수 있는 사람은 좀처럼 보이지 않습니다.

꼭 부모님을 찾아가보세요. 그리고 당신이 어떻게 자라왔는지 다시 한 번 물어보세요. "넌 초등학생 무렵에는 이런 꿈을 갖고 있었어.", "그러고 보니 넌 그림 그리는 걸 아주 좋아했어.", "넌 어릴 적부터 사람들과 무척이나 잘 어울렸어." 등의 추억 이야기를 하며 자신의 모습을 돌아볼 수 있습니다. 까마득히 잊고 있었던 꿈도 떠올릴 수 있습니다.

자신의 장점이나 단점도 다시 바라볼 수 있습니다. 분명 자신을 돌이켜보는 시간입니다.

고민을 숨김없이 다 털어놓지 않아도 괜찮습니다. 부모님에게 구체적인 조언을 구하지 않아도 됩니다. 그저 옛날의 자신, 어린 시절의 마음으로 돌아가 자신을 돌이켜보는 시간을 갖는 것만으로 문득 주저하게 되는 일이 사라질 것입니다.

부모님을 찾아가는 것은 부모님을 위한 것만이 아닙니다. 자신의 원점으로 돌아가기 위한 것이기도 합니다.

자신은 본래 어떤 사람이었는가,

옛날의 자신을 돌이켜보면 주저함이 사라질 수도 있습니다.

4장

사로잡히거나 떠안지 않는다

고독을 즐긴다

혼자 보내는 시간을 갖는 것은 매우 중요합니다.

혼자가 되어 문득 자신을 되돌아보며 오늘이라는 하루에 대해 곰곰이 생각해봅니다. 화가 나는 일도 있었습니다. 기쁜 일도 있었습니다. '그런 말은 하는 게 아니었어!'라고 반성도 하게 됩니다. 하루 동안 자신의 마음에 싹튼 다양한 감정과 고요하게 마주하여 반추함으로써 마음이 정돈되어 갑니다.

예전에는 혼자가 될 수 있는 시간이 꽤 많았습니다. 휴대전화가 없었기 때문에 집과 회사에 출퇴근하는 시간에도 혼자만의 시간을 가질 수 있었습니다. 집 근처 역에 내려 집에 도착하기까지 누구에게도 방해받지 않는 정숙한 한때는 자신도 알지 못하는 새 재충전의 시간이 되어주기도 했습니다.

하지만 지금은 좀처럼 혼자가 될 수 없습니다. 퇴근 후 귀갓길에도 휴대전화로 업무상 연락이 오고 밤에 잠자리에 들려고 할 때도 친구로부터 문자가 옵니다. 항상 무언가에 쫓기고 있어 숨이 막히는 듯한 사람도 많지 않을까요.

"항상 누군가와 이어져 있지 않으면 불안하다."고 하는 사람이 있습니다. 그러나 사실은 그 반대라고 생각합니다. 항상 누군가와 이어지려고 하니까 거기에서 불필요한 불안감이 싹트는 것은 아닐까요.

마음이 이어진다는 것은 늘 서로를 마음에 두고 있다는 말입니다. 일부러 만나지 않더라도 마음속에 확실하게 존재하는 그런 유대야말로 진짜 안도감을 줍니다.

고독한 시간 속에 몸을 두고 혼자 조용하게 자신과 마주합니다. 그것은 강인함이기도 합니다. 고독 속에서야말로 자신의 본래 모습을 깨달을 수 있기 때문입니다.

혼자만의 시간을 갖고 자신의 내면과 마주해봅니다.

초조할 때는 숨을 내쉰다

매일 생활하다 보면 누구라도 무심코 초조해지는 일이 있습니다. 1년 365일 항상 평온한 마음을 갖는 것은 오랜 세월 수행을 쌓은 승려에게도 어려운 일입니다. 오랫동안 주지로 있는 저역시 무심코 초조해지는 일은 있습니다.

하지만 승려들은 오래 초조해하지 않습니다. 왜냐하면 초조함을 없애는 방법을 알고 있기 때문이지요.

초조함을 없애주는 방법은 호흡법입니다.

승려들은 좌선을 할 때 항상 호흡법에 유의합니다. 막연하게 하는 게 아니라 자신의 호흡에 신경을 집중시킵니다. 배꼽약간 아랫부분에 단전이라는 곳이 있는데 그 단전으로 호흡하는 것입니다. 폐에 공기를 넣는 것이 아니라 배에 공기를 넣는 것입니다. 가슴으로 호흡을 하면 희한하게도 숨이 가빠집니다. "헉헉!" 하는 소리가 나며 그 숨이 어깨까지 올라갑니다. 그렇게 되면 몸 전체가 긴장해버립니다.

그래서 이때는 다시 한 번 먼저 숨을 내쉬는 데 신경을 집중할 수 있도록 유의합니다.

호흡呼吸이라는 글자를 봐주세요. 처음에 오는 것은 '호呼'입니다. '호'는 숨을 내쉰다는 의미입니다. 사람은 숨을 내쉬면 다음에는 저절로 숨을 들이쉬려고 합니다. 숨을 들이쉬지 않으면 죽어버리기 때문에 의식하지 않으려 해도 저절로 숨을 들이쉬게 됩니다.

초조해졌을 때나 분노의 감정이 솟구쳐 오를 때에는 자신의 호흡에 의식을 집중시켜보세요. 천천히 숨을 내쉬어봅니다. 그리고 저절로 숨을 들이쉬도록 내버려둡니다. 이 호흡을 세 번 반복하면 분명 초조함은 줄어듭니다. 분노의 감정도 사그라집니다. 평소에는 의식하지 않는 호흡이지만, 사실 이 호흡에야말로 심신을 컨트롤하는 힘이 갖춰져 있습니다.

머리에 분노가 차오르면 단전으로 천천히 호흡을 합니다.

분노는 일단 배에 머물게 한다

사소한 일로 분노가 치밀 때가 있습니다. 이것은 인간인 이상 어쩔 수 없는 감정입니다. 하지만 설령 작은 분노일지라도 쌓이고 쌓이면 그 감정은 걷잡을 수 없을 만큼 커져갑니다. 그렇게 되기 전에 마음을 안정시켜야만 합니다.

제가 존경해 마지않는 총본산 소지지總持寺의 최고 어른인 이타바시 고슈 선사라는 분이 있습니다. 언젠가 선사에게 이런 가르침을 받은 적이 있습니다.

"어떤 일도 머리로 생각해서는 안 됩니다. 머리로만 생각하기 때문에 화가 나는 법이지요."

가히 훌륭하고도 의미가 깊은 말이라고 생각합니다. 우리는 무심코 매사를 머리로 생각하려고 합니다. 아이나 부하 직원의 언동에 초조해지는 것도 '왜 제대로 하지 못할까?'라고 생각하기 때문이 아닐까요. 주위 사람의 언동에 화가 나는 것도 자신의 생각이 전해지지 않아 초조해져서 그런 건 아닐까요.

하지만 살아 있는 한은 머릿속으로 이것저것 생각하기 마련입니다.

저는 선사에게 "그럼 어떻게 해야 할까요?"라고 물었습니다.

그러자 선사는 이렇게 답했습니다.

"상대에게 화나는 말을 들어도, 자신의 생각대로 되지 않더라도 바로 그것에 반응하지 않도록 합니다. 먼저 마음속으로 고맙다고 세 번 되뇌도록 하세요."

바로 분노의 말을 돌려주는 것이 아니라 먼저 마음속으로 '고맙습니다'라고 되뇌어봅니다. 그러면 세 번 되뇌는 동안에 마음이 안정됩니다. 분노의 감정이 완전히 가시지는 않겠지만 적어도 자신의 분노를 객관적으로 바라볼 수는 있습니다.

나는 왜 화를 내고 있는가, 그것은 전부 상대의 탓일까, 상대에게는 상대 나름의 사고방식이 있지 않은가, 이런 식으로 생각한다면 저절로 온화한 말이 나오게 됩니다.

분노의 감정이 머리로 올라오기 전에 일단 배에 머물게 합니다. 그런 습관을 들이면 무모하게 함부로 분노의 감정을 품게 되는 일은 없을 테니까요.

솟구치는 감정에 휘둘리지 않을 궁리를 하는 것이 중요합니다.

싫어하는 감정에
사로잡히지 않는다

어떤 사람에게든 좋고 싫은 것이 있습니다. 함께 있으면 기분이 좋아지는 사람이 있는가 하면 되도록 피하고 싶은 사람도 있습니다. 이는 어쩔 수 없는 일입니다.

그렇다면 왜 싫어하는 사람이 생길까요. 당신이 싫어하는 사람을 떠올려보세요. 그 사람의 행동이 거슬린다거나 성격이 맞지 않다거나 하는, 아마 싫은 이유를 이것저것 나열할 수 있겠지요. 하지만 냉정하게 생각해보면 그 이유 중에는 타인의 평판이나 선입관에서 온 것도 있지 않을까요.

누군가로부터 "저 사람은 제멋대로야."라는 험담을 들었다고 합시다. 그러면 머릿속에 그 사람은 '제멋대로인 사람'으로 각인되어 무엇을 하든 그렇게 생각하게 됩니다. 또한 말이 많아 경박해 보여서 싫은 사람이 있다고 합시다. 사실 그 사람은 경박해서가 아니라 사람 사귀는 것이 힘들어 일부러 말이 많은 척하고 있는 것일지도 모릅니다.

즉, 상대에 대한 이미지는 자신이 머릿속에서 만들어내고 있는 것에 불과합니다. 그런 색안경을 벗고 선입견에 얽매이지 않는 마음으로 상대를 대합니다. 있는 그대로의 상대를 보고 자신도 있는 그대로의 모습으로 그 사람을 대합니다. 그런 마음가 짐으로 있으면 좋고 싫은 것이 줄어들 거라 생각합니다.

물론 저도 좋고 싫은 것이 있습니다. 아무리 수행을 쌓아도 거기에서 완전히 벗어날 수는 없습니다. 하지만 저는 거기에 사로잡히지 않습니다. 좋다고 생각한 사람은 아무것도 하지 않아도 즐겁게 사귈 수 있지만, 조금이라도 싫은 감정이 있으면 역시 마음에 부담이 가해집니다. 그리 되지 않기 위해서라도 저는 싫은 감정에 사로잡히지 않고 그런 감정을 없애려고 합니다.

설령 그 사람을 좋아하게 될 수는 없더라도 그 만남이 영원히 이어지지는 않겠지요. 어차피 그 관계는 사라져갑니다. 그렇게 사라질 관계라면 일부러라도 지금 이 순간만큼은 싫어하는 감정을 버리고 대해봅니다. 그렇게 마음먹으면 그 사람과의 교제도 스트레스가 되지 않습니다. 싫어하는 감정으로 자신을 소모하지 않도록 합니다.

좋고 싫은 것은 자기 하기 나름으로 바꿀 수 있습니다.

'나와 일'이 아닌
'나의 일'이라는 마음을 갖는다

모든 일과 마주할 때 '의'의 마음을 가질 것, '와'의 마음으로 매사를 보지 않도록 할 것, 이것은 선의 가르침 가운데 하나입니다.

'와'의 마음으로 본다는 것은 어떤 것일까요. 이를테면 '나와 일', '나와 친구', '나와 남편'이라는 식으로 생각하는 것이 '와'의 마음입니다. 이런 사고방식을 가지면 그것들과 자신이 대립하게 됩니다. '나와 일'이라고 파악하기 때문에 일에 대한 불평불만이 생겨납니다. '나와 친구'라고 파악하니까 친구에 대한 질투심이나 경쟁심이 생겨납니다. '나와 남편'이라고 파악하니까 사고방식의 차이가 부각됩니다. 즉, '와'의 마음으로 보게 되면 항상 상대에 대해 대립하는 입장이 됩니다.

'와'가 아닌 '의'의 마음을 가지고 대해보세요. '나의 일'이라는 식으로 일과 마주해보면 자신과 일이 일체가 됩니다. 아무리 힘든 일이라도, 아무리 실패를 반복해도 그것은 자신의 일이기에 스스로 노력하여 분발하고자 하는 마음이 싹틉니다.

'나의 친구'라는 식으로 생각하면 그 친구와 자신은 대등해집니다. 친구에게 기쁜 일이 생기면 마치 자신의 일처럼 기뻐하고 슬픈 일이 생기면 슬픔을 함께 나눕니다. 뭔가 해주고 싶은 마음이 저절로 싹틉니다. 서로가 '나의 친구'라고 생각하는 것이 진정한 친구가 아닐까요.

그리고 '나의 남편'이라고 생각하면 남편의 마음에 훨씬 가까이 다가갈 수 있습니다. 남편이 피곤한 얼굴을 하고 있으면 회사에서 힘든 일이 있었나 보다 하고 걱정이 됩니다. 반대로 즐거워보이면 자신도 기분이 좋습니다. 특별한 인연으로 부부가 되었습니다. 일심동체가 될 수는 없어도 항상 부부가 서로에게 '의'의 마음으로 있는 것, 부부의 행복은 그런 마음속에서 생겨난다고 믿습니다.

일이나 친구, 가족과 일체가 됩니다. 자신의 일로 다가가면 행복해집니다.

사람과의 인연도 흐름에 맡긴다

사람과의 인연이라는 것을 생각해보면 인연은 누구에게도 평등하게 흐르고 있습니다. 그 흐르는 인연에 손을 뻗어 맺을지 말지 하는 이미지를 떠올려보세요.

좋은 인연이 흐르고 있다고 해도 그 인연을 무리하게 손에 넣으려고 하면 좀처럼 뜻대로 되지 않습니다. 맺고 싶었던 인연이 손에서 스르륵 빠져나가는 일도 있습니다. 그런 인연을 무리하게 끌어당겨서는 안 됩니다. 인연이란 있는 그대로, 흐르는 그대로 맡긴다는 마음으로 있어야 합니다.

사람들은 가능한 한 많은 인연을 맺으려고 합니다. 또한 자신에게 득이 될 만한 인연만을 맺으려고 합니다. 그런 마음이 강해지면 인간관계는 점점 복잡해집니다. 복잡한 인간관계에서는 회의감이나 질투심이 생겨납니다. 많은 인연을 억지로 맺으려는 것은 자신의 마음을 친친 동여매는 것과 같습니다.

억지로 인연을 맺으려 하지 않고 자연의 흐름에 맡겨두는 건 어떨까요.

제가 있는 곳에도 많은 사람들이 찾아옵니다. '참 느낌이 좋은 사람이구나!', '이 사람과 함께라면 좋은 일이 생길 것 같아!' 라고 생각되는 사람도 있습니다. 하지만 간혹 제가 바빠서 그

분의 일을 거절하는 경우도 있습니다. "지금은 무리지만 6개월 뒤라면 괜찮습니다."라고 뜻을 전하면, 상대는 "그렇다면 그때 다시 찾아오겠습니다."라고 말하며 돌아갑니다.

이 시점에서 저는 그 사람과의 인연을 흐름에 맡겨둡니다. 6개월을 기다렸다가 다시 찾아주면 그 사람과는 인연이 있구나 생각하고, 일 년이 지나도 찾아오지 않으면 인연이 없다고 생각합니다.

무리해서 인연을 맺으려고도 하지 않고 제 쪽에서 먼저 인연을 끊지도 않습니다. '인연이 있다면 또 만날 날이 있겠지!' 하고 흐름에 맡겨둡니다.

이처럼 흐름에 맡겨두면 많은 인연이 맺어지지는 않지만 결국 자신에게 편안한 인연만 남게 됩니다. 지금까지의 인생을 되돌아보고 '아, 저 사람과는 좋은 인연이었어!'라고 생각될 정도의 마음이면 충분합니다.

인연은 억지로 맺는 것이 아닙니다.

흐름에 맡겨두면 편안한 인연만 남게 됩니다.

미움받는 것을
두려워하지 않는다

모두로부터 사랑받고 싶고 누구로부터도 미움받고 싶지 않다는 생각을 갖고 있는 사람이 많은 듯합니다. 물론 미움받기보다는 사랑받는 쪽이 당연히 좋겠지요. 하지만 일부러 미움을 살필요는 없어도 무리해서까지 사랑받으려고 할 필요는 없다고 생각합니다.

왜 미움받고 싶지 않은 것일까요. 아마 사랑받으면 자신에 대한 평가가 높아진다고 착각하거나, 사랑받는 사람은 평가가 높고 미움받는 사람은 평가가 낮다는 강박관념에 사로잡혀 있기 때문이 아닐까요. 그러나 사랑이나 미움을 받는 것은 개인의 주관에 따른 아주 감정적인 것으로, 그 사람에 대한 평가와는 아무런 상관이 없습니다.

타인에게 사랑받으려면 혹은 미움받지 않으려면 어떤 행동을 취해야 할까요. 상대에게 이득이 될 만한 것을 해줘야 합니다. 자신은 반대 의견을 갖고 있어도 상대의 의견에 동조합니다. 하지만 그렇게만 하다 보면 자신의 본래 모습을 잃게 됩니다. 진짜로는 어떻게 하고 싶나요. 진짜로는 어떻게 해야 한다고 생각하나요. 자신이 주체가 된 판단을 방임하는 것은 타인의 인생을 걷는 것과 같습니다.

누군가에게 보조를 맞춰 살아가다 보면 자신은 끝내 스트레스가 쌓이게 됩니다. 정말로 걸어가야 할 것은 당신 자신의 인생입니다.

봄에 꽃이 피면 저절로 벌과 나비가 모여듭니다. 나무마다 잎이 무성해지면 저절로 새들이 날아옵니다. 그리고 겨울이 되면 벌과 나비와 새들은 저절로 떠납니다. 인간관계도 이와 같다고 생각합니다. 당신 자신이 옳다고 생각하는 길을 걷고 당신의 인생을 활기차게 보내고 있다면 거기에 매혹되는 사람이 분명 있을 것입니다.

당신의 인생입니다. 부디 당신이 믿는 길을 걸어가주세요.

타인을 비판하지 않는다

사람은 누구나 장점과 단점을 갖고 있습니다. 이는 당연한 일입니다. 게다가 장점과 단점은 반반이 아니라 분명 단점 쪽이 많습니다. 그것이 인간입니다.

항상 누군가를 비판하는 사람이 있습니다. 누군가를 비판한다는 것은 그 사람의 단점을 비판하는 것입니다. 때론 장점까지도 비난하는 사람이 있는데 이는 단순한 시샘 같은 것이니, 역시 비판이라 하면 단점이 아닐까요. 그렇게 생각하면 누군가를 비판만 하는 사람은 항상 타인의 단점만 보고 있다는 말이 됩니다.

확실히 타인의 단점은 장점보다는 쉽게 눈에 띕니다. 더구나 가까운 사람의 단점은 더 거슬리는 법이지요. 그래서 무심코 이것저것 비판하게 됩니다. 그 사람에게 장점이 있는 것은 알지만 계속해서 단점만 신경이 쓰입니다. 그런 상태가 계속되면 결국 자신만 스트레스가 쌓입니다. 상대가 지적이나 주의를 받고 고치려고 한다면 괜찮지만 단점이 그렇게 간단하게 고쳐지지는 않습니다. "몇 번이나 말했는데 왜 고치려 하지 않는 거야?"라고 더 조바심만 쌓일 뿐입니다.

타인의 단점에만 눈이 가는 사람은 자신도 같은 시선으로 마주합니다. 자신의 장점을 확실히 볼 줄 아는 사람은 타인의 장점을 바라볼 줄 압니다. 자신의 단점에 콤플렉스를 안고 있는 사람은 무심코 타인의 단점만 바라봅니다. 상대의 장점을 보지 못하는 것은 자신의 장점을 보지 못하는 것과 같습니다. 누군가를 비판하지만 사실은 자신을 비판하고 있는 게 아닐까요.

비판에서는 아무것도 생겨나지 않습니다. 비판에서 생겨나는 것은 감정의 뒤엉킴과 스트레스뿐입니다. 쉽게 누군가를 비판하기 전에 자신의 장점을 바라보세요. 당신 안에도 멋진 장점이 많으니까요.

자신감 없는 스스로의 모습이 타인에게 투영되어 있는 것일지도 모릅니다.

누군가를 비판하기 전에 자기 자신을 사랑합시다.

말을 삼간다

도원 선사가 지은 《정법안장正法眼藏》 중에 '애어愛語'라는 말이 나옵니다.

"사람을 대할 때는 항상 배려의 마음을 갖고 상대의 기분을 헤아려 아름다운 말을 건넨다. 이를 항상 염두에 두고 상대와 이야기한다. 이것이 애어라는 것이다."

선사가 말하는 이 배려는 누구나 알고 있지만 좀처럼 실행하기가 어렵습니다. 전혀 상대를 공격하려고 했던 말은 아닌데, 상대의 마음에 일부러 상처를 내려고 했던 행동은 아닌데, 결과적으로 상대의 마음에 상처를 입히고, 다툼으로 이어집니다. 사람은 그런 실패를 반복하고 있습니다.

불필요한 말은 되도록 하지 않고 하지 않아도 될 말은 마음속에 담아두는 그런 마음가짐을 가져야 합니다.

말이 많은 것과 사람 사귐이 능숙한 것은 별개입니다. 말이 많지 않아도 항상 모두의 이야기를 웃는 얼굴로 들어주는 사람, 상대를 배려하여 상대의 말에 맞장구를 쳐주는 사람, 그런 사람이야말로 정말 사람 사귐이 능숙한 사람이라고 저는 생각합니다.

불필요한 말을 하지 않고 적은 말로도 주위 사람들의 마음을 온화하게 해줍니다. 그런 사람의 주위에는 저절로 많은 사람이 모여들기 마련입니다. 사람들은 그런 상냥한 말을 기다리고 배려를 느낄 수 있는 곳을 찾고 있습니다. 그렇기 때문에 '애어'의 마음을 가진 사람에게 끌리는 것입니다.

하고 싶은 말을 바로 내뱉는 것이 아니라 자신 안에서 한 번 삼키고 나서 말하는 것, 이 말을 꺼낼지 말지 그 순간의 주저함이야말로 인간관계를 좋은 방향으로 이끌어주리라고 생각합니다.

말을 많이 한다고 하여 인간관계가 원만해지는 것은 아닙니다.

자신 없는 일은 남에게 맡긴다

어떤 부탁을 받으면 자신도 모르게 받아들이는 사람이 있습니다. 천성이 거절을 못하는 성격인지 호감을 얻고 싶어서인지 앞뒤 가리지 않고 받아들입니다. 물론 부탁받은 일이 자신이 잘하는 일이거나 시간적인 여유가 있는 일이라면 괜찮지만 그렇지 않은 경우에는 거절하는 게 맞다고 저는 생각합니다.

무슨 일이든 부탁을 받으면 전부 받아들일 게 아니라 먼저 그 내용을 객관적으로 바라보고 자신이 할 수 있는 일만 받아들이도록 합니다. '이 일은 내가 자신 있는 분야이니 맡고 그 외의 일은 다른 사람에게 맡기자'라고 말입니다. 그리고 받아들였다면 빈틈없이 합니다. 결국 그것이 서로의 신뢰 관계로 이어집니다.

저에게도 각양각색의 다양한 부탁이 들어옵니다. 마음 같아서는 웬만하면 다 받아주고 싶지만 현실적으로는 무리인 것도 있습니다. 그럴 때는 가능한 한 정중하게, 그리고 상대가 납득할 수 있는 모양새로 답하도록 유의합니다. "이 일은 가능하긴 하지만 대신 일주일 정도의 시간이 필요합니다.", "그 일은 저의 전문 분야가 아니니 그 분야의 전문가를 찾으시는 게 좋을 것 같습니다.", 이렇게 말하면 서로 각을 세우지 않고 일을 맡는 것도 거절하는 것도 가능하지 않을까요.

하지도 못할 일을 떠안고 어떻게 할지 고민하다가는 오히려 폐만 끼치게 됩니다. 자신 없는 일은 힘들다고 스스로 인정하는 것도 중요합니다.

사람은 태어나면서부터 제각기 역할이 주어져 있습니다. 불교에서는 그렇게 생각하고 있습니다. 자신이 잘하는 것, 자신에게 주어진 역할에 집중하는 것이 서로에게 기분 좋은 일이 됩니다.

무리를 해서라도 맡는 게 좋다는 생각을 버립니다.

할 수 없는 자신을 받아들인다

"꿈은 이루어진다.", "하면 할 수 있다.", "할 수 없는 이유는 당신의 노력 부족이다.", 그런 말들이 세상을 휩쓸고 있습니다. 초등학생 때부터 수없이 들어온 말일 것입니다.

꿈을 향해 노력하는 것은 매우 중요합니다. '나도 할 수 있다'고 자신을 믿고 노력하는 것은 고양감을 높여줍니다. 하지만 노력이 반드시 보답을 받는 것은 아닙니다. 똑같이 노력해도 꿈을 이루는 사람이 있는가 하면 꿈에 이르지 못하는 사람도 있습니다. 이 또한 진실입니다.

'평등 속의 불평등'이라는 말이 있습니다. 과연 현대 사회는 그렇다고 생각합니다.

영업사원 열 명이 있다고 합시다. 모두 같은 조건에서 일이 주어집니다. 얼핏 평등한 세계처럼 보여도 그 열 명 중에는 영업이 천직인 사람이 있는가 하면, 반대로 영업은 못하지만 경리 쪽 일을 잘하는 사람도 있습니다. 결과적으로, 영업을 잘하는 사람은 순식간에 실적을 올려 인정받고 그렇지 않은 사람은 인정받지 못하는 일이 생깁니다. 주어진 일은 평등해도 거기에는 보이지 않는 불평등의 세계가 있는 것입니다.

대부분의 사람들이 다 잘하는 것이니까 분명 나도 잘할 수 있을 것이다, 그 사람이 잘하니까 나도 잘해야 한다는 식으로 생각하지 않도록 합니다.

사람은 제각각 잘하고 못하는 것이 있기 마련입니다. 모두에게 간단해도 자신에게는 어려운 일이 있습니다. 반대로 모두가 어려워해도 자신은 잘하는 일이 있습니다. 그런 것은 당연하다고 생각하면서도 그 당연한 것을 무심코 잊기 때문에 고민이 생겨납니다.

중요한 것은 자신을 똑바로 바라보는 것입니다. 세상의 모든 일이 평등할 리는 없습니다. 인간의 능력 또한 평등하지 않기에 거기에서 개성이 생겨납니다. 잘하지 못해도 괜찮습니다.

잘하고 못하는 게 있는 것은 당연합니다.

잘하지 못하는 자신을 '형편없다'고 생각하지 않습니다.

일단은 말과 태도를 정돈한다

불교에는 '삼업三業을 정돈한다'는 말이 있습니다. '삼업'이란 신업身業, 구업口業, 의업意業을 이릅니다.

신업이란 아름다운 행동거지가 되도록 유념하여 신체를 건강하게 유지하고 정돈하는 것입니다. 구업이란 말 씀씀이를 나타냅니다. 상대에게 분노의 감정을 맞받아치거나 험한 말로 욕을 퍼붓지 않고 늘 온화하고 배려 있는 말을 하도록 유념하는 것입니다. 이 신업과 구업이 정돈되어야 비로소 의업, 즉 마음이 정돈됩니다. 한때 마음을 정돈한다는 말이 유행한 적도 있지만 갑자기 마음을 정돈할 수는 없습니다. 마음을 정돈하기 위해서는 먼저 바르게 행동하고 아름다운 말을 써야 합니다. 그다음에 의업이 있음을 잊어서는 안 됩니다.

행동은 다소 거칠어도 마음은 상냥하다거나, 말투는 딱딱해도 본심은 그렇지 않다거나 하는 자신의 마음을 주위 사람들이 알아줄 거라고 생각하는 사람이 있습니다. 하지만 그렇지 않습니다. 날이면 날마다 폭음폭식을 하고 항상 거만하게 행동합니다. 툭하면 불같이 화를 내며 부하 직원에게 호통을 칩니다. 그런 사람 중에 마음이 정돈되어 있는 사람을 저는 알지 못합니다. 온화한 마음으로 지내고 싶다면, 또한 주위 사람으로부터 신뢰를 얻고 싶다면, 먼저 자신의 행동거지와 말투를 재점검하도록 합니다.

집에서도 낮부터 소파에 누워 뒹굴뒹굴하면서 과자를 먹거나 술을 마시고, 아이가 말을 듣지 않으면 거친 말로 혼을 냅니다. 만일 어른이 이런 모습을 보인다면 아이의 마음은 어떨까요.

특히 여성은 가정에서 영향력이 매우 크다는 사실을 잊지 않았으면 합니다. 물론 말할 것도 없이 남성 또한 마음을 정돈하는 노력을 게을리해서는 안 됩니다. 구성원들의 마음이 정돈되어 있으면 분명 가정도 평온해집니다. 마음이 정돈되어 있는 가정이라면 가족 모두 안심하고 지낼 수 있기 때문입니다.

바른 행동거지를 하고 아름다운 말을 쓰도록 유념합니다.

신뢰는 거기에서 생겨납니다.

친구의 수에 사로잡히지 않는다

초등학교에 들어가면 〈친구 100명이 생길까〉라는 노래를 부릅니다. 많은 친구를 만드는 것이 좋다고 가르칩니다. 물론 이 노래에는 교육적인 면이 있어 그렇다고 생각하지만, 어른이 되어서도 여전히 친구는 많은 게 좋다는 생각에 사로잡혀 있는 사람이 많습니다.

특히 SNS가 보급되기 시작하면서 친구의 고리는 단번에 확대되기 시작했습니다. 전혀 연관이 없을 것 같은 사람과도 관계를 맺을 수 있습니다. 인간관계는 지역과 신분을 초월하여 한없이 넓어집니다. 이는 절대 나쁜 일이 아닙니다. 다만 친구의 수에만 사로잡혀 있다면 문제가 되지 않을까 생각할 따름입니다.

친구란 대체 어떤 존재일까요. 가끔 만나서 기분 좋게 술을 마시고, 휴일에 취미를 공유하고, 여유 있을 때 함께 쇼핑을 하고, 많은 정보를 나누며 즐거운 시간을 보내는 사람?

그 한편으론 진심으로 마음을 나눌 수 있는 친구를 얻는 것이 중요합니다.

당신이 지금 깊은 고민을 안고 있다면 그 고민을 허심탄회하게 털어놓을 친구가 있나요? 자신의 약점까지 다 드러내 보이고 그 고민을 진지하게 받아들여 줄 친구가 있을까요?

마음을 나눌 수 있는 친구는 한 사람만 있어도 충분하다고 저는 생각합니다. 만일 그런 친구가 둘이라면 당신은 부자입니다. 서로 마음을 터놓고 함께 나눌 수 있는 관계, 그런 관계가 있다면 인생에 깊이가 더해집니다. 왜 그런가 하면 신뢰할 수 있는 상대를 통하여 자신의 본래 모습을 볼 수 있기 때문입니다.

겉으로만 친구인 관계 속에서는 자신의 겉모습밖에 보이지 않습니다. 자신의 본심마저 잃게 됩니다.

진짜 친구는 자신을 비추는 거울이기도 합니다. 마음을 나눌 수 있는 단 한 사람의 친구를 소중히 해주세요.

단 한 사람의 '진정한 친구'가 있다면 그것으로 충분합니다.

상대의 반응에
일희일비하지 않는다

　정신과 의사의 말에 따르면 'SNS 증후군'이라는 정신질환이 있다고 합니다. 이들은 SNS에 의존하여 항상 누군가와 대화를 함으로써 자신은 혼자가 아님을 확인하고 싶어 합니다. 자신이 올린 글에 상대로부터 반응이 없으면 모두에게 무시당하고 있다는 불안감에 들볶이며 잠을 이루지도 못합니다. 최악의 경우 우울증으로 이어지는 사례도 점점 늘고 있다고 합니다.

　자신이 올린 글에 즉각 반응이 오면 확실히 기분이 좋습니다. 더구나 자신의 생각이나 행동을 지지해주는 반응이라면 더 기쁘고 하루가 즐거워지겠지요. 하지만 그런 반응에 너무 집착하거나 사로잡히는 것은 좋지 않습니다. SNS의 존재가 오히려 불안감을 낳는 경우가 있기 때문이지요. '나는 무시당하고 있다'는 환상을 낳아 자신을 점점 막다른 곳으로 몰아넣게 됩니다.

　편지와 달리 SNS나 메일은 즉각 반응을 전할 수 있습니다. 이른 아침이든, 심야든, 상대의 상황과는 상관없이 전해집니다.

　그때 상대는 어쩌면 몸 상태가 좋지 않거나 아주 바쁠 수도 있습니다. 혹은 기분이 가라앉아 답장을 쓸 기분이 아닐 수도 있습니다. 그런 상대의 사정은 아랑곳 않고 '얼른 반응이 오면 좋겠다'고 바라는 것은 어불성설이며, 상대가 올린 글에 뭔가를 빨리 써넣어야 한다고 자신을 몰아세우는 것도 갑갑한 일입니다. 서로를 속박하여 스트레스를 늘리고 있는 듯한 양상입니다.

반응이 있어도 좋고 없어도 좋다는 식의 기분으로 조금 거리를 두고 사귀는 편이 정신적으로도 편안합니다.

편지를 주고받는 것이라면 잠시 시간이 지나고 나서 답장이 오니, 그 또한 보물처럼 기쁜 일이기도 합니다. 현대인은 속도감은 빨라졌지만 그런 여유로운 시간 사용법은 잊고 있는 듯하여 오히려 씁쓸한 기분이 듭니다.

반응이 있어도 좋고 없어도 좋다는 식의 편안한 기분으로 지냅니다.

도구에 시간과 마음을
빼앗기지 않는다

성별과 나이를 막론하고 많은 사람들이 라인LINE, 페이스북 등의 SNS를 사용하는 시대가 되었습니다.

저의 지인 중에는 가족끼리 이 SNS를 능숙하게 사용하고 있는 사람이 있습니다. 집은 도쿄이지만 아버지는 일 때문에, 두 아들은 학교 때문에 가족 넷이 전부 흩어져 살고 있습니다. 예전에는 자식이 걱정되어도 매일 연락을 할 수 없었습니다. 전화도 드물었던 시대에는 좀처럼 연락한 방법이 없어 자나 깨나 자식 걱정이었습니다.

하지만 현대에는 SNS를 사용하여 항상 가족끼리 연락을 취할 수 있습니다. 매일 아침 도쿄에 있는 어머니가 "좋은 아침!"이라고 메시지를 보내면 바로 세 사람으로부터 답장이 옵니다. 건강하게 잘 지낸다는 메시지를 읽는 것만으로 안심이 됩니다.

다만, 그들은 어디까지나 가족 사이의 대화에만 SNS를 사용하고 그 이외의 사람과는 SNS를 통한 대화를 하지 않는다고 합니다. 아주 능숙한 사용법이라고 생각합니다.

주위를 보면 SNS에 얽매여 있는 사람이 있습니다. 항상 누군가와 대화를 하고 "좋아요!"를 누릅니다. 상대로부터 반응이 없으면 '왜 그럴까?' 하고 안달복달합니다. 잠시도 스마트폰에서 눈을 떼지 않습니다. 제 눈에는 스마트폰에 시간과 마음을 빼앗기고 있는 듯 보입니다.

SNS를 보는 시간을 줄이고 그 시간만큼 화초나 푸른 하늘을 바라보는 시간을 늘리면 어떨까요.

자연과 마주함으로써 자신의 마음과 대화할 수 있습니다. 자신의 마음과 대화하는 것은 자신의 인생에서 무엇이 중요한지를 바라보는 것입니다.

만일 SNS라는 것에 당신의 시간과 마음이 얽매여 휘둘리고 있다면 이제 그만해야 하지 않을까요. 도구는 사용하는 것이지 사용되어서는 안 됩니다.

도구는 잘 다루어야 합니다. 자신에게 정말 편리한 것인지를 생각합니다.

분수에 맞는 생활을 한다

우리는 무심코 남 앞에서 허세를 부리게 됩니다. 인간은 사회적 동물이기에 자신을 조금이라도 좋게 보이고 싶은 마음을 갖는 것은 어쩔 수 없다고 봅니다. 이것 또한 인간의 번뇌 중 하나이니까요.

친구들과 밥을 먹으러 가게 되었다고 합시다. 친구들은 호텔에 3만 원짜리 점심을 먹으러 가자고 합니다. 자신은 점심 한 끼에 3만 원은 비싸다고 생각하지만 "너무 비싸다."는 말은 도저히 하지 못합니다. '점심에 3만 원 정도가 보통인 걸까', '여기서 거절하면 나보고 구두쇠라고 하겠지', '창피해' 등의 허세나 고집 같은 것이 작용하여 거절하지 못하고 함께 어울립니다.

그렇게 함께한 점심 식사 자리에서 진심으로 즐길 수 있을까요. 진심으로 '맛있다'라고 음식을 음미할 수 있을까요.

자신의 진짜 기분을 감추고 상대의 가치관에 맞춰 무리하게 행동하는 것은 자신을 폄하하는 행위라고 생각합니다.

'3만 원짜리 점심을 먹을 바에야 그 돈으로 장을 봐서 직접 맛있는 요리를 하는 게 훨씬 나아', '점심에 그렇게 돈을 쓰고 싶진 않아', '차라리 다른 데 돈을 쓰는 게 나아'라고 생각해도 좋습니다. '그 금액은 너무 비싸'와 같은 자신의 감각을 소중히 하는 것이 자기다운 삶의 방식으로 이어집니다.

　자신의 가치관을 바탕으로 돈의 사용법을 판단합니다. 자신과 맞지 않다고 생각하면 단호하게 거절합니다. 그렇게 시원시원하고 딱 부러지는 사람이 사귀기 쉽고 옆에서 봐도 멋지지 않을까요.

자신의 감각을 소중히 여깁니다.

웃는 얼굴로 기분을 정돈한다

아침에 일어나면 거울 앞에 서보세요. 거울에 당신의 어떤 얼굴이 비치고 있나요? 온화한 표정을 하고 있나요? 웃는 얼굴이 보이나요? 만일 피로한 얼굴이거나 좀처럼 웃는 얼굴이 나오지 않는다면 당신의 얼굴에서 웃음을 앗아간 것은 무엇일까요.

일이 뜻대로 되지 않거나 인간관계가 잘 풀리지 않는 등의 다양한 불평이나 불만이 떠올라 얼굴에서 웃음이 사라져갑니다. 이보다 슬픈 일이 또 있을까요.

만일 지금 가족 모두가 건강하다면, 만일 지금 회사에서 할 일이 있다면, 그리고 만일 지금 먹고사는 데 지장이 없을 만큼 돈이 있다면 그것으로 90퍼센트는 채워지지 않았을까요. 큰 병으로 고민하는 것도 아니고 매일 출근할 회사도 있습니다. 가족 모두가 건강하고 함께 저녁 식사를 할 수 있습니다. 그것만으로 충분히 행복하다고 생각합니다.

인생에는 다양한 것들이 있습니다. 기쁨도 괴로움도 엉킨 오랏줄처럼 다가옵니다. 살아가다 보면 잘 풀리지 않는 일도 많습니다. 큰 슬픔에 몸부림치게 되는 일도 있습니다. 그래도 우리는 열심히 살아갈 수 있습니다. 그것은 어째서일까요. 괴로움이나 슬픔을 이기기 위해 웃음이라는 최고의 무기를 갖고 있기 때문입니다.

아침에 일어나면 다소 걱정거리가 있더라도 "안녕?" 하고 가족과 동료에게 웃는 얼굴로 인사해보세요. 그 한 마디가 상대의 마음을 온화하게 하고 또한 자신의 마음도 온화하게 해줍니다. 그러면 새로운 하루를 행복한 기분으로 시작할 수 있습니다. '소문만복래笑門萬福來: 웃는 문으로는 만복이 들어옴'라는 말도 있듯이 웃는 얼굴은 행복을 불러들입니다.

웃음이라는 무기를 갖고 있지 않은 사람은 없습니다. 누구라도 이 행복한 무기를 사용하지 않을 이유는 없다고 생각합니다.

웃는 얼굴이 행복을 불러들입니다.

이기고 지는 것을
생각하지 않는다

요즘 들어 '위너'니 '루저'니 하는 말들을 많이 합니다. 본래의 의미와는 다르게 요즘은 아주 천박하고 품위 없는 말로 쓰이고 있는 듯합니다.

위너는 돈을 많이 버는 사람일까요. 사회적으로 높은 지위에 있는 사람일까요. 루저는 누구일까요. 연봉이 낮은 사람이 거기에 해당될까요. 만일 그렇게 생각한다면 그것은 인생의 겉모습만 바라보고 있는 것이라고 생각합니다.

사람들은 무엇에든지 승부를 붙이고 싶어 합니다. 혹은 다양한 것들에 순위를 매기고 싶어 합니다. 그것은 왜일까요. 그 결과를 보고 자신의 위치가 어느 정도인지 확인하고 싶어 하기 때문입니다. '나는 저 사람한테는 지고 있지만 그 사람과 비교하면 이기고 있다'는 식으로 자신을 안심시키고 싶은 것입니다. 이 또한 인간의 본성일지도 모릅니다.

확실히 일에 있어서는 매출 성적이 비교되니 승부가 명백해지기도 합니다. 경쟁 사회에서는 어쩔 수 없는 일입니다.

하지만 중요한 것은 누군가와의 비교가 아니라 자기 자신과의 비교입니다. 만일 동료에게 졌다고 해도 그것은 동료에게 진게 아니라 노력을 게을리한 자신의 나약함에 진 것이 아닐까요.

중요한 것은 자신의 인생을 살아가는 데 있습니다. '주인공'이라는 말은 원래 선어입니다. 자신이 인생의 주인공이 되어 살아가는 것이 중요합니다.

저 사람은 나보다 연봉이 높다, 저 사람은 어마어마한 고급 주택에 살고 있다, 그러니까 나는 저 사람에게 지고 있다, 이런 사고는 전혀 의미가 없습니다. 수입이 높지 않아도 행복하게 살아가는 사람은 많습니다. 어제의 자신보다 오늘의 자신이 빛나고 있는가, 인생의 기준은 거기에 있습니다.

표면적인 이기고 지는 것에 시선을 빼앗겨서는 안 됩니다. 그런 행위는 자기다움을 잃게 합니다. '

다른 사람을 이기려고 하기보다 어제의 자신에게 이기려고 합니다.

너무 열심히 하지 않는다

결혼이나 출산 후에도 일을 계속하는 여성이 늘고 있습니다. 충실한 인생을 위해 일을 계속하는 것은 아주 좋다고 생각합니다. 하지만 한편에선 가사와 육아, 그리고 일 사이에서 고민을 안고 있는 여성을 많이 볼 수 있습니다.

가사도 완벽하게 해야 하고, 일한다는 이유로 육아를 소홀히 해서도 안 되고, 아이 때문이란 말을 들을까 봐 일도 빈틈없이 처리하려 합니다. 모든 것을 완벽하게 하려고 한 나머지 이윽고 몸과 마음이 지쳐버립니다. 이 얼마나 불행한 일인가요.

미리 한마디하자면 이 세상에 완벽한 것은 없습니다. 완벽한 육아, 완벽한 가사, 또는 완벽한 일, 그것들은 마음이 멋대로 만들어낸 '완벽'이라는 환상에 지나지 않습니다. 있지도 않은 완벽을 추구해봤자 거기에는 이르지 못합니다.

가사든 일이든 반드시 해야 할 것이 있습니다. 육아라면 아이의 건강을 고려해 음식에 신경을 써야 합니다. 제대로 된 식생활로 몸과 마음이 건강하게 자랄 수 있는 생활습관을 들여주는 것입니다. 일이라면 바로 지금 주어진 일에 집중하는 것입니다.

그 외의 것은 할 수 있을 때가 오면 하고, 못하겠으면 못하겠다고 인정한 후 누군가에게 도움을 청해도 됩니다. 자신을 괴롭히면서까지 일할 필요는 없습니다. 무리를 해서 몸과 마음이 피로해져 웃음을 잃게 된다면 얼마나 안타까운 일인가요.

반드시 해야 할 일, 일단은 그 일에 집중합니다. 그것만 잘하면 충분합니다. 그 일은 당신이 생각하는 만큼 많지 않습니다.

반드시 해야 할 일을 먼저 합니다.

그 외의 일은 할 수 있는 때가 오면 그때 하면 됩니다.

타인을 질투하지 않는다

저 사람은 유복한 가정에서 태어나 일류 대학에 진학하여 대기업에 취업했습니다. 비싼 옷을 입고 풍요로운 생활을 하고 있습니다. 그에 비해 자신은 유복하지 않은 가정에서 태어나 남을 부러워하고 시기하며 일이 잘 풀리지 않으면 자신의 처지를 탓합니다. 그렇게 해서는 충실한 인생을 보낼 수 없습니다.

태어난 그 순간부터 누구에게는 주어지고 누구에게는 주어지지 않는 것이 있습니다.

모든 사람이 평등한 환경에 놓여 있지는 않습니다. 자신에게 주어진 숙명을 부정해봤자 소용이 없습니다.

'춘풍무고하 화기자장단春風無高下 花枝自長短'이라는 선어가 있습니다. "봄바람은 높고 낮음이 없는데 꽃가지는 스스로가 짧고 길다."라는 의미입니다. 꽃가지는 길게 뻗은 가지가 있는가 하면 짧은 가지도 있습니다. 당연히 긴 가지에는 바람이 많이 닿고 짧은 가지에는 바람이 조금밖에 닿지 않습니다. 하지만 봄 기운을 전하는 봄바람은 그런 것은 알지 못하고 모든 가지에 평등하게 불어옵니다. 세상은 모두 평등하게 되어 있지만 한 사람 한 사람의 차이는 생기게 마련이라는 가르침입니다.

인간 세계만이 아니라 자연의 세계조차 이런 경우가 있습니다. 다만 자연은 스스로의 처지를 한탄하는 법이 없습니다. 짧은 가지는 어떻게든 긴 가지를 통하여 흘러오는 봄바람을 품으려고 합니다. 비가 내리면 한껏 비를 맞으려고 하겠지요. 자신에게 주어진 환경 속에서 열심히 살아가려고 합니다. 저에게는 그렇게 보입니다. 만일 짧은 가지가 살아가려는 노력을 게을리 했더라면 벌써 그 가지는 나무에서 떨어져 나갔겠지요. 필사적으로 살아가고 있기 때문에 긴 가지보다도 강한 힘으로 나무에 매달려 있을 수 있는 것입니다. 저는 경내의 나무들을 바라볼 때마다 중요한 가르침을 받고 있는 듯한 기분이 듭니다.

자신의 처지를 한탄하는 일은 그만합니다. 바람은 누구에게나 평등하게 불고 있습니다. 짧은 가지에도 비는 쏟아지고 있습니다.

자신의 처지를 한탄한들 아무것도 바뀌지 않습니다.

지금 있는 장소에서 가지를 뻗으면 됩니다.

자신을 속이지 않는다

지인인 한 여성이 제게 이런 말을 하더군요.

"사람들에게는 행복해 보이고 싶은 욕구랄까, 사실은 그리 행복하지 않아도 주위 사람에게는 행복하게 보이고 싶은 그런 독특한 허세 같은 게 있다고 생각해요."

저는 이 말을 듣고 '과연!' 하며 무릎을 쳤습니다. 물론 남성 중에도 그런 사람이 있지만, 이런 욕구는 어쩌면 여성 쪽이 강할지도 모릅니다.

행복하게 보여야만 한다는 그런 사고를 갖고 있다면 정말 갑갑하지 않을까요. 애인이 있었으면 하고 바라지만 뜻대로 안 되니까 주위에는 애인 따윈 필요 없다고 말합니다. 남편과 사이가 원만하지 않음에도 어떻게든 행복한 부부인 척합니다. 그런 식으로 행복을 연기하면 과연 본인은 행복할까요.

만일 '행복하게 보여야만 하는 증후군' 같은 게 있다면, 그것은 분명 사회 속에 있는 '보통'이라든지 '상식'이라든지 하는 환상에 사로잡혀 있기 때문이라고 저는 생각합니다.

서른 전에는 결혼하는 게 좋다, 결혼하면 아이를 낳아야 한다, 아내는 남편의 그늘 아래서 사는 게 행복이다, 그런 고정관념이 세상에는 넘쳐나고 있습니다. 그렇다면 "서른 전까지 결혼하지 못하면 행복해질 수 없는 걸까?", "아이가 없는 부부는 불행할까?", "만일 남편이 해고당하면 인생은 그길로 끝인 걸까?"라고 물어볼까요. 그럴 일은 절대 없습니다. 단순히 그 사람의 고정관념일 뿐입니다.

남편이 해고당하면 주위 사람에게는 불행해 보일지도 모릅니다. 하지만 남편의 해고를 계기로 두 사람이 힘을 합해 열심히 상황을 극복하려고 결속력이 더 높아질 수도 있습니다. 또는 함께 있는 시간이 늘면서 두 사람의 끈이 더 강해질 수도 있고요. 이것은 아주 행복한 일이 아닐까요.

행복하게 보이고 있는지를 결정하는 것은 타인입니다. 하지만 자신의 행복은 스스로가 결정할 수 있습니다.

'행복하게 보이는 자신'이 아니라 '행복을 느낄 수 있는 자신'을 목표로 합니다.

후 기

우리 인간은 살아가는 한 '욕망'이라는 굴레에서 벗어날 수 없습니다. 식욕, 수면욕, 성욕 같은 본능적인 욕망을 비롯하여 다양한 욕망과 마주하며 살아갑니다. 물론 욕망을 완전히 없앨 수는 없습니다. 생명이 있는 이상 인간이 욕망에서 해방될 일은 없습니다.

살아가는 데 있어 필요한 최소한의 욕망만 채워진다면 인간은 만족할 수 있을까요? 인간은 살아가려면 음식이 필요합니다. 그렇다면 생명을 부지하기 위한 음식만으로 인간은 만족감을 얻을 수 있을까요. 분명 처음에는 만족감을 얻겠지요. 하지만 그 욕망은 점점 커져 더 많이 먹고 싶고 더 맛있는 음식이 먹고 싶어집니다.

사는 곳도 마찬가지입니다. "일어나 다다미 반 장, 누워서 다다미 한 장"이라는 선의 수행 생활을 나타내는 말이 있습니다. 본래 인간은 그 정도의 공간만 있으면 살아갈 수 있습니다. 실제로 수행승에게 주어진 공간은 그 정도입니다. 이것은 극단적인 예지만, 현실적으로 생각해도 가족 넷이서 살아가는 데 그리 큰 집은 필요 없습니다. 방이 열 개가 있다 한들 그 대부분은 사용하지 않게 되겠지요. 그래도 우리는 무심코 '방이 많으면 좋을 텐데', '더 넓은 집에 살고 싶다'와 같은 생각을 하게 됩니다.

이렇듯 욕망이라는 것은 자신도 모르는 새 점점 커져만 갑니다. 처음에는 작은 것으로 만족하지만 점점 그것만으로는 부족하다는 생각이 강해져만 갑니다.

욕망이 점점 부풀어가면 만족을 모르는 마음이 생겨납니다. 갖고 싶은 것을 손에 넣더라도 또 새로운 것이 갖고 싶어집니다. 절대 만족에 이르지 못합니다. 영원히 만족할 줄 모르는 인생, 그것을 행복한 인생이라고 할 수 있을까요. 답은 말할 것도 없겠지요.

'만족을 모르는 마음' 저는 이것을 '마음의 대사증후군'이라고 부릅니다. 살아가는 데 아무런 필요도 없는 것이 욕망입니다. 마치 지방처럼 불필요한 욕망이 마음을 좀먹는 것입니다. 거기에서는 '집착심'밖에 생겨나지 않는다고 선은 가르치고 있습니다.

갖고 싶다는 욕망에 집착하고 그렇게 손에 넣은 것에 집착합니다. 절대 내려놓는 법 없이 그것을 지키는 것이 인생의 목적이 되어갑니다. 잃게 될까 봐 두려운 마음이 밀려듭니다. 거기에서 불안이나 걱정거리가 생겨나는 것입니다.

우리는 누구나 불안이나 걱정거리를 안고 있습니다. 그러나 그 대부분은 무의미한 집착이 낳은 것들입니다. 뭔가를 내려놓으면 깨닫지 못하는 사이에 사라지고 마는 그런 불필요한 불안이나 걱정거리입니다.

이러한 '마음의 대사증후군'을 해소하려면 어떻게 해야 할까요. '신체의 대사증후군'은 스스로 깨달을 수 있습니다. 체중이 증가하거나 배가 나오면 대사증후군을 의심합니다. 혹은 건강진단 결과의 수치 등으로 알 수 있습니다. 그리고 스스로 깨닫게 됨으로써 주의를 하게 됩니다. 하지만 '마음의 대사증후군'은 좀처럼 스스로는 깨닫지 못합니다.

이 책에서는 우리가 빠지기 쉬운 '마음의 대사증후군'은 어떤 것인지, 또한 그것을 어떻게 해소할지를 선의 가르침을 바탕으로 기술했습니다.

모든 욕망을 버릴 수는 없고 욕망을 부정하지도 않습니다. 하지만 만일 당신이 갖고 있는 욕망이나 집착이 당신 자신을 괴롭히고 있다면 그것은 버리는 게 맞습니다. 마음의 지방을 조금 떼어낼 수 있다면 더 행복해질 수 있습니다. 그것을 실감할 수 있기를 기원합니다.

합장.

겐코지 방장에서

마스노 슌묘

일상을 심플하게

초 판 1쇄 발행 2017년 1월 9일
개정판 1쇄 발행 2025년 2월 14일

지은이 | 마스노 슌묘
옮긴이 | 장은주
펴낸이 | 한순 이희섭
펴낸곳 | (주)도서출판 나무생각
편집 | 양미애 백모란
디자인 | 박민선
마케팅 | 이재석
출판등록 | 1999년 8월 19일 제1999-000112호
주소 | 서울특별시 마포구 월드컵로 70-4(서교동) 1F
전화 | 02)334-3339, 3308, 3361
팩스 | 02)334-3318
이메일 | book@namubook.co.kr
홈페이지 | www.namubook.co.kr
블로그 | blog.naver.com/tree3339

ISBN 979-11-6218-341-0 03830